TEMPS FUTURS

ŒUVRES D'ALDOUS HUXLEY

DANS PRESSES POCKET :

LE MEILLEUR DES MONDES
LE GÉNIE ET LA DÉESSE
MARINA DI VEZZA
RETOUR AU MEILLEUR DES MONDES
LES DIABLES DE LOUDUN
ILE
JOUVENCE
CONTREPOINT

ALDOUS HUXLEY

TEMPS FUTURS

Traduit de l'anglais par JULES CASTIER

PRESSES POCKET

Cet ouvrage a été publié en langue anglaise
sous le titre :

APE AND ESSENCE

Ce titre étant intraduisible, nous en avons emprunté un autre aux vers de Victor Hugo, reproduits ci-dessous :

Temps futurs, vision sublime!
Les peuples sont hors de l'abîme,
Le grand désert est traversé;
Après les sables, la pelouse,
Et la terre est comme une épouse,
Et l'homme est comme un fiancé.

VICTOR HUGO.

ISBN 2-266-01190-1

I

TALLIS

C'était le jour de l'assassinat de Gandhi; mais sur le Calvaire les curieux s'intéressaient plus au contenu de leurs paniers de pique-nique qu'aux répercussions possibles de l'événement, somme toute assez banal, auquel ils étaient venu assister. En dépit de tout ce que peuvent dire les astronomes, Ptolémée avait parfaitement raison: le centre de l'univers est ici, et non là-bas. Gandhi était mort, soit; mais penché par-dessus sa table de travail dans son bureau, penché par-dessus la table de la Cantine du Studio, Bob Briggs ne pensait qu'à parler de lui-même.

« Vous avez toujours été pour moi un tel soutien! » m'assura Bob, cependant qu'il se préparait, non sans délectation, à conter le dernier épisode de son histoire.

Mais au fond, comme je le savais fort bien, et comme Bob lui-même le savait encore mieux que moi, il ne désirait pas véritablement être soutenu. Il aimait se trouver en difficulté, et il aimait encore davantage parler de son infortune. La difficulté et sa dramatisation verbale lui permettaient de se voir sous la forme de tous les poètes romantiques réunis en un seul, – Beddoes recourant au suicide, Byron recourant à la fornication, Keats mourant de Fanny Brawne, Harriet mourant de Shelley. Et, se voyant sous la forme de tous les poètes romantiques, il pouvait oublier pendant quelques instants les deux sources primordiales de son malheur, le fait qu'il n'eût aucun de leurs talents et fort peu de leur puissance sexuelle.

« Nous en étions arrivés au point », dit-il (d'un ton si tragique que l'idée me vint qu'il aurait mieux réussi comme acteur que comme scénariste), « nous en étions arrivés au point, Elaine et moi, où nous avions le même sentiment que... que Martin Luther.

– Martin Luther? » répétai-je, un peu surpris.

« Vous savez bien, *ich kann nicht anders* [1]. C'est simple, nous ne pouvions pas. Mais *absolument* pas, faire autre chose que de filer ensemble à Acapulco. »

Et Gandhi, songeai-je, ne pouvait absolument pas faire autre chose que de résister d'une façon non violente à l'oppression, aller en prison et recevoir, en fin de compte, une balle dans la peau.

« Alors, voilà, continua-t-il, nous avons pris un avion, et nous sommes allés à Acapulco.

– Enfin!

– Qu'entendez-vous par *enfin?*

– Ma foi, vous y pensiez depuis longtemps, n'est-ce pas? »

Bob parut contrarié. Mais je me rappelai toutes les occasions antérieures où il m'avait parlé du problème. Devait-il, ou non, « faire d'Elaine sa maîtresse »? (C'était là sa façon merveilleusement archaïque de s'exprimer.) Devait-il, ou non, demander à Miriam de divorcer?

Divorcer d'avec la femme qui, au sens fort, était encore ce qu'elle avait toujours été, son unique amour; mais dans un autre *sens* fort réel, Elaine était également son unique amour, et elle le serait encore davantage s'il se décidait finalement (et c'est pourquoi il ne pouvait pas se décider), à « faire d'elle sa maîtresse ». Être ou ne pas être, le soliloque s'était poursuivi durant la majeure partie de deux années et si Bob avait pu en faire à sa guise, il se serait poursuivi dix ans de plus. Il lui plaisait que ses difficultés fussent chroniques et principalement verbales, jamais assez charnelles pour infliger à sa virilité incertaine une nouvelle épreuve humiliante. Mais sous l'influence de son éloquence, de cette façade baroque que constituaient

1. Littéralement : *Je ne peux pas autrement.*

son profil et ses cheveux prématurément neigeux, Elaine s'était manifestement lassée d'une saloperie simplement chronique et platonique. Bob reçut un ultimatum; ce serait Acapulco ou la rupture.

Le voilà donc voué et condamné à l'adultère, non moins irrévocablement que Gandhi avait été voué et condamné à la non-violence, à la prison et à l'assassinat, mais, – il est permis de le soupçonner–, avec des pressentiments plus nombreux et plus profonds. Pressentiments que la suite des événements avait pleinement justifiés. Car, bien que le pauvre Bob ne me dît pas d'une façon précise ce qui s'était passé à Acapulco, le fait qu'Elaine « se conduise à présent d'une façon étrange (c'est ainsi qu'il exprima la chose), et qu'on l'ait vue plusieurs fois en compagnie de cet inqualifiable baron moldave dont j'ai heureusement oublié le nom, semblait conter toute la risible et pathétique histoire. Et, pendant ce temps, Miriam n'avait pas seulement refusé de divorcer : elle avait profité de l'absence de Bob et du fait qu'elle possédait sa procuration pour faire transférer du nom de celui-ci au sien propre le titre de propriété du ranch, les deux automobiles, les quatres maisons de rapport, les terrains d'angle à Palm Springs et toutes les valeurs. Et pendant ce temps il devait trente-trois mille dollars au Gouvernement, à titre d'arriérés d'impôt sur le revenu. Mais quand il avait demandé à son producteur ces deux cent cinquante dollars supplémentaires par semaine qui lui avaient été pratiquement promis, il n'avait eu qu'un long silence lourd de significations.

« Alors, Lou? »

Scandant ces mots avec solennité, Lou Lublin donna sa réponse.

« Bob », dit-il, « dans ce studio, en ce moment, Jésus-Christ lui-même ne pourrait pas recevoir d'augmentation. »

Le ton était amical; mais quand Bob voulut insister, Lou avait tapé du poing sur son bureau et lui avait dit qu'il ne se conduisait pas en bon Américain. Ce qui avait mis fin à la discussion.

Bob continuait à parler. Mais quel sujet, songeai-je, pour un grand tableau religieux! Le Christ, devant Lublin, mendiant une modeste augmentation de deux cent cinquante dollars par semaine, et se la voyant refuser tout net. Ce serait un des thèmes préférés de Rembrandt, dessiné, gravé, peint une vingtaine de fois. Jésus s'éloignant tristement dans les ténèbres de sa dette envers le Trésor Public, tandis que, dans l'éclairage de gloire, étincelant de pierreries et de reflets métalliques, Lou, coiffé d'un énorme turban, glousserait encore de triomphe à l'idée du bon tour qu'il venait de jouer à l'Homme des Douleurs.

Et il y aurait la version donnée par Breughel du même sujet. Une vaste vue synoptique de tout le studio; une comédie musicale à trois millions de dollars, en cours de tournage, avec tous les détails techniques fidèlement reproduits; deux ou trois mille personnages, tous parfaitement typés, et dans l'angle inférieur de la toile, à droite, on finirait par découvrir après de longues recherches un Lublin, pas plus gros qu'une sauterelle, accablant de mépris un Jésus encore plus minuscule.

« Mais j'ai eu une idée absolument épatante pour un scénario original », disait Bob, avec cet optimisme forcé qui est, pour l'homme aux abois, la seule alternative au suicide. « Mon agent en est absolument emballé, il trouve que je devrais pouvoir le vendre cinquante ou soixante mille. »

Il se mit à raconter l'histoire.

Songeant toujours au Christ devant Lublin, je me représentais la scène telle que l'eût peinte Piero, la composition lumineusement explicite, équation de vides et de pleins équilibrés, de teintes en harmonie et en contraste; les personnages figés dans une attitude sereine. Lou et ses producteurs adjoints seraient tous coiffés de ces énormes cônes renversés en feutre blanc ou coloré, qui, dans le monde de Piero, ont la double fonction d'accentuer la nature géométrique solide du corps humain et l'étrangeté des Orientaux. Malgré toute leur douceur soyeuse, les plis de chacun des vêtements auraient le caractère inévitable et définitif de syllogismes sculptés dans le porphyre et, d'un bout à l'autre de l'ensemble, on sentirait la puissance universelle du Dieu de Platon, à jamais occupé à mathématiser le chaos pour en faire l'ordre et la beauté de l'art.

Mais, à partir du Parthénon et du *Timée,* une logique spécieuse mène à la tyrannie qui dans *la République,* est présentée comme la forme idéale de gouvernement. Dans le domaine de la politique, l'équivalent d'un théorème est une armée parfaitement disciplinée; celui d'un sonnet ou d'un tableau, un état soumis à un régime policier, sous une dictature. Le Marxiste se qualifie de scientifique, et à cette revendication le Fasciste en ajoute une autre : il est le poète, – le poète scientifique – d'une mythologie nouvelle. Ils sont l'un et l'autre justifiés dans leurs prétentions; car chacun d'eux applique aux situations humaines les procédés qui se sont révélés efficaces dans le laboratoire et dans la tour d'ivoire. Ils simplifient, ils réduisent à l'état d'abstraction, ils éliminent tout ce qui est étranger à leurs desseins, et passent sous silence tout ce qu'il leur plaît de considérer comme non essentiel; ils imposent un style, ils contraignent les faits à confirmer l'hypothèse de leur choix, ils consignent à la corbeille à papiers tout ce qui, selon eux, n'atteint pas à la perfection. Et parce qu'ils agissent ainsi en bons artistes, en penseurs sérieux et en expérimentateurs éprouvés, les prisons sont pleines, les hérétiques en matière politique sont exploités à mort comme des esclaves, les droits et les préférences des simples individus sont méconnus, les Gandhis sont assassinés et du matin au soir, un million de maîtres d'école et de speakers de radio proclament l'infaillibilité des patrons qui se trouvent pour le moment être au pouvoir.

« Après tout », disait Bob, « il n'y a aucune raison pour qu'un film ne soit pas une œuvre d'art. C'est ce maudit esprit mercantile... » Il parlait avec la vertueuse indignation d'un artiste sans talent s'en prenant au bouc émissaire auquel il fait porter les conséquences lamentables de sa propre médiocrité.

« Croyez-vous que Gandhi se soit intéressé à l'art? » demandai-je.

« Gandhi? Non, bien sûr que non.

– Je pense que vous avez raison », fis-je en accord. « Ni à l'art, ni à la science. Et c'est pourquoi nous l'avons tué.

– Nous?

– Oui, nous. Les intelligents, les actifs, les préparateurs de l'avenir, ceux qui croient à l'Ordre et à la Perfection. Tandis que Gandhi était un réactionnaire qui ne croyait qu'aux gens. Aux petits individus misérables qui se gouvernent eux-même, village par village, et qui adorent le Brahmane qui est aussi l'Atman. C'était intolérable. Rien d'étonnant à ce que nous lui ayons fait son affaire. »

Mais tout en parlant je me disais que ce n'était pas là toute l'histoire. L'histoire complète comprenait une incohérence, presque une trahison. Cet homme qui ne croyait qu'aux gens s'était laissé prendre à la folie collective infra-humaine du nationalisme, aux institutions prétendûment surhumaines, mais en fait diaboliques, de l'État-nation. Il s'était laissé prendre à ces choses, parce qu'il s'imaginait pouvoir modérer la folie et convertir ce que l'état a de satanique en quelque chose qui ressemble à de l'humanité. Mais le nationalisme et la politique de la puissance s'étaient avérés trop forts pour lui. Ce n'est pas au centre, ce n'est pas à partir de l'intérieur de l'organisation que le saint peut guérir notre démence enrégimentée; ce n'est que par l'extérieur, à la périphérie. S'il s'intègre lui-même à la machine qui incarne la folie collective, de deux choses l'une : ou bien il demeure lui-même, auquel cas la machine l'utilisera aussi longtemps qu'elle le pourra et, quand il sera devenu inutilisable, le rejettera ou le détruira; ou bien il sera transformé à la ressemblance du mécanisme avec lequel et contre lequel il travaille, et dans ce cas l'on verra les Saintes Inquisitions et les alliances avec n'importe quel tyran disposé à garantir les privilèges ecclésiastiques.

« Enfin, pour en revenir à leur dégoûtant esprit commercial », finit par dire Bob... « Tenez, je vais vous donner un exemple... »

Mais je songeais que le rêve de l'Ordre engendre la

tyrannie, le rêve de la Beauté, monstres et violence. Athéna, patronne des arts, est aussi déesse de la guerre scientifique, le Chef céleste de tous les États-majors généraux. Nous avons tué Gandhi parce qu'après avoir joué brièvement (et mortellement) le jeu politique, il refusait de continuer à rêver notre rêve d'un Ordre national, d'une Beauté sociale et économique, parce qu'il essayait de nous ramener aux faits concrets et cosmiques des êtres authentiques et de la Lumière intérieure.

Les manchettes des journaux que j'avais vues ce matin-là étaient des paraboles, l'événement qu'elles enregistraient, une allégorie et une prophétie. Dans cet acte symbolique, nous, qui désirions si ardemment la paix, nous avions rejeté le seul moyen possible de parvenir à la paix et avions promulgué un avertissement à tous ceux qui, à l'avenir, pourraient défendre d'autres lignes de conduite que celles qui mènent inévitablement à la guerre.

« Ma foi, si vous avez fini votre café », dit Bob, « partons. »

Nous nous levâmes et sortîmes au soleil. Bob me prit le bras, et le serra.

« Vous m'avez énormément aidé », m'assura-t-il à nouveau.

« Je voudrais pouvoir le croire, Bob.

– Mais c'est vrai, c'est vrai. »

Et peut-être était-ce vrai, en effet, en ce sens que laver son linge sale devant un public bienveillant, cela le réconfortait, lui donnait la sensation de ressembler davantage aux Romantiques.

Nous avons marché encore quelque temps en silence, passant devant les salles de projection et entre les bungalows churrigueresques [1] de la direction. Au-dessus de l'entrée du plus vaste d'entre eux une grande plaque de bronze portait l'inscription : PRODUCTIONS LOU LUBLIN.

1. Style baroque espagnol, caractérisé par son exubérance, qui emprunte son nom aux trois frères Chirruguera : José (1665-1723) Joaquin (1674-1724), Alberto (1676-1740).

« Et au sujet de cette augmentation de traitement? demandai-je. Entrons-nous, pour tenter encore un essai? »

Bob émit un petit rire lugubre, et il y eut un nouveau silence. Lorsque enfin il parla, ce fut d'un ton pensif.

« Dommage, cette histoire du vieux Gandhi », dit-il. « Son grand secret, c'était de ne rien désirer pour lui-même, je suppose.

– Oui, je pense que c'était là l'un des secrets.

– J'aurais bien aimé ne pas avoir autant de désirs.

– Et moi, donc! » ai-je renchéri avec ferveur.

« Et quand, en fin de compte, on obtient ce qu'on veut, ce n'est jamais ce qu'on attendait. »

Bob soupira et retomba dans un silence. Il songeait sans doute à Acapulco, à l'horrible nécessité de passer de la phase chronique à la phase aiguë, de ce qui était vague et verbal à ce qui n'était que trop nettement et concrètement charnel.

Nous avons débouché de la rue des bungalows de la direction, traversé un parc de stationnement et sommes entrés dans un canyon entre de hauts studios d'enregistrement. Un tracteur passa, remorquant une plate-forme chargée de la moitié inférieure du portail ouest d'une cathédrale italienne du XIIIe siècle.

– « Ça, c'est pour *Catherine de Sienne.*

Qu'est-ce que c'est que ça?

– Le nouveau film de Hedda Boddy. J'ai travaillé au script, il y a deux ans. Puis ils l'ont donné à Streicher. Et après cela, il a été récrit par l'équipe O'Toole-Menendez-Boguslavsky. Il est infect. »

Un autre tracteur passa avec fracas, portant la moitié supérieure du portail de la cathédrale et une chaire de Niccolo Pisano.

« Quand on y réfléchit », dis-je, « elle ressemble beaucoup à Gandhi par certains côtés.

– Qui donc? Hedda?

– Non, Catherine.

– Ah! oui. Je croyais que vous parliez du pagne.

– Je parlais des saints qui se mêlent de politique »,

dis-je. « En fait, on ne l'a pas lynchée, bien sûr; mais c'est seulement parce qu'elle est morte trop jeune. Les conséquences de sa politique n'avaient pas eu le temps de se faire sentir. Est-ce que vous entrez dans tous ces détails-là, dans le script? »

Bob hocha la tête.

« Trop déprimant », dit-il. « Le public aime que ses stars réussissent. D'ailleurs comment parler de politique ecclésiastique? Ce serait certainement anticatholique, et ce pourrait aisément devenir anti-américain. Non, nous jouons un jeu sûr, nous concentrons tout sur le type à qui elle dictait ses lettres. Il est follement amoureux, mais tout ça, c'est sublimé et spiritualisé, et après qu'elle est morte, il entre dans un ermitage et prie devant son portrait. Et il y a l'autre type qui l'a bel et bien pelotée. Il en est question dans ses lettres. Ça, nous en tirons tout ce que ça peut donner. Ils espèrent toujours pouvoir engager Humphrey... »

Un coup de klaxon violent nous fit sursauter tous les deux.

«.Attention! »

Bob m'attrapa par le bras et me tira en arrière. De la cour derrière le bureau des Scénarios, un camion de deux tonnes déboucha sur la chaussée.

« Vous pouvez pas regarder où vous allez? » cria le chauffeur en passant.

« Idiot! » hurla Bob en retour, puis, se tournant vers moi : « Vous voyez son chargement? » demanda-t-il. « Des scripts. » – Il hocha la tête. – « On les emporte à l'incinérateur. C'est bien là leur place. Pour un million de dollars de littérature. »

Il se mit à rire avec une amertume mélodramatique.

Vingt mètres plus loin, le camion vira brusquement à droite. Sa vitesse devait être excessive; propulsés par la force centrifuge, une demi-douzaine de scripts qui étaient sur le dessus s'éparpillèrent sur la chaussée. Semblables à des prisonniers de l'Inquisition, me dis-je, réussissant une évasion miraculeuse sur le chemin du bûcher.

« Ce type-là ne sait pas conduire », grommela Bob. « Un de ces jours, il tuera quelqu'un.

– Mais, en attendant, voyons qui a été sauvé. »

Je ramassai celui des découpages qui était le plus proche.

« *Une femme vaut bien un homme,* scénario par Albertine Krebs. »

Bob s'en souvenait. C'était au-dessous de tout.

« Bon, voyons un peu *Amanda?* » – J'en feuilletai les pages. – « Ce devait être une comédie musicale. Voici de la poésie :

> **Amélie n'veut pas d'homélie,**
> **Mais Amanda veut un amant... »**

Bob ne me permit pas de continuer.

« Non, non! Il a fait quatre millions et demi de dollars pendant la Bataille de Bastogne [1]. »

Je rejetai *Amanda,* et ramassai un autre des volumes tombés grands ouverts. Celui-là, je le remarquai, était relié en vert et non dans le pourpre réglementaire du studio.

« *Temps Futurs* [2] », ai-je lu à haute voix sur le plat, où le titre était écrit à la main.

« *Temps Futurs?* » répéta Bob, avec une certaine surprise.

Je consultai la page de garde.

« *Scénario original de William Tallis, Cottonwood Ranch, Murcia, Californie.* »

Et voici une note au crayon : « Bulletin de refus envoyé, 11-26-47. Pas d'enveloppe avec adresse. A pilonner, » – souligné de deux traits.

« Ils en reçoivent des milliers, de ces trucs-là », expliqua Bob.

---

1. Bastogne : Ville de Belgique (province de Luxembourg), où les Américains résistèrent héroïquement à la contre-offensive allemande en décembre 1944.

2. Le titre original de l'ouvrage est *Ape and Essence* (littéralement : Le singe et l'essence). Sur le rapport du titre français et du titre anglais. Voir page 6 *(N.d.T.)*

Pendant ce temps, j'avais jeté un coup d'œil au scénario.

« Encore de la poésie.

– Bon Dieu ! » fit Bob, d'un ton de dégoût.

« *Assurément, c'est manifeste* », commençai-je à lire :

« *Assurément, c'est manifeste.*

Tous les écoliers ne le savent-ils pas?

Les fins sont choisies par les singes, les moyens seuls sont de l'homme.

Proxénète de Papio, trésorier des babouins.

La raison arrive en courant, impatiente d'approuver.

Arrive, attrape-néant avec la philosophie, s'aplatissant devant les tyrans.

Arrive, marlou pour la Prusse, avec l'Histoire brevetée de Hegel.

Arrive avec la Médecine pour administrer au Roi des Singes son aphrodisiaque.

Arrive en rimant et avec la Rhétorique pour écrire ses allocutions.

Arrive avec le Calcul pour pointer ses fusées.

Avec précision sur l'orphelinat de l'autre côté de l'océan;

Arrive, ayant visé, avec de l'encens pour prier.

Dévotement Notre Dame afin d'obtenir un coup au but. »

Il y eut un silence. Nous échangeâmes un coup d'œil interrogateur.

« Qu'en pensez-vous? » dit enfin Bob.

Je haussai les épaules. Je n'en savais vraiment rien.

« En tout cas, ne le jetez pas », reprit-il. « Je veux voir quelle touche a le reste. »

Nous nous sommes remis en marche, nous avons tourné un dernier coin de rue, et nous voilà débouchant devant un couvent franciscain parmi les palmiers, – le Bâtiment des Auteurs.

« Tallis », se disait Bob à lui-même, tandis que nous entrions. « William Tallis... » Il hocha la tête. « Je n'en ai jamais entendu parler. Et, d'ailleurs, où est-ce, Murcia? »

Le dimanche suivant, nous connaissions la réponse, nous la connaissions non pas simplement en théorie et sur la carte mais expérimentalement, pour nous y être rendus à 130 à l'heure, dans la Buick décapotable de Bob (ou plutôt de Miriam). Murcia, Californie, c'était deux pompes à essence rouges et une toute petite épicerie, à la lisière sud-ouest du désert Mojave.

La longue sécheresse avait cédé deux jours auparavant. Le ciel était encore chargé et un vent froid soufflait sans relâche de l'ouest. Spectrales sous leur toiture de nuages couleur d'ardoise, les montagnes de San Gabriel étaient blanches de neige fraîchement tombée. Mais au nord, bien loin dans le désert, le soleil brillait dans une longue bande étroite de lumière dorée. De toute part autour de nous, on voyait les gris argentés doux et somptueux, les ors et les roux pâles de la végétation du désert : touffes de sauge et d'armoise, fétuques et sarrasin, avec, çà et là, un arbre de Josué [1] qui avait l'air de gesticuler bizarrement avec une écorce rugueuse ou couverture d'une fourrure de piquants desséchés, et, à l'extrémité de ses bras multi-coudés, garni de touffes épaisses de pointes métalliques vertes.

Un vieillard sourd, à qui nous dûmes hurler nos questions, finit par comprendre ce dont nous parlions. Cottonwood Ranch [2] – bien sûr qu'il le connaissait. Suivez ce chemin-là, filez vers le sud sur quinze cents mètres, puis tournez vers l'est, longez le fossé d'irrigation sur encore un bon kilomètre, et vous y êtes. Le vieux voulait nous en dire encore bien plus long, mais Bob était trop impatient pour écouter. Il embraya, et nous repartîmes.

Le long du fossé d'irrigation, les peupliers et les saules étaient des espèces étrangères au milieu de cette flore coriace et ascétique du désert, s'agrippant comme elles

---

1. L'arbre de Josué ou cactus de barbarie est le *Jucca arborescens* du désert de l'Arizona ou de la Californie. C'est une sorte de cactus aux branches épineuses. *(N.d.T.)*

2. Le Ranch du Peuplier. Le *cottonwood* est une variété de peuplier. *(N.d.T.)*

pouvaient à un autre genre d'existence, plus facile, plus voluptueux. Ils étaient dépourvus de feuilles à présent, simples squelettes d'arbres, se détachant en blanc sur le ciel, mais on pouvait s'imaginer l'intensité qu'aurait d'ici trois mois sous le soleil implacable et brillant l'émeraude de leurs jeunes feuilles.

La voiture, qui roulait beaucoup trop vite, tomba lourdement dans un cassis inattendu. Bob lâcha un juron.

« Pourquoi un homme sensé choisit-il d'habiter au bout d'une route pareille, cela me dépasse.

– Peut-être la prend-il un peu plus lentement », me hasardai-je à suggérer.

Bob ne daigna même pas me lancer un coup d'œil. La voiture continua à rouler avec fracas, sans diminuer de vitesse. J'essayai de concentrer mon attention sur le paysage.

Au loin, là-bas, sur le fond du désert, il y avait eu une transformation silencieuse mais presque explosive. Les nuages s'étaient déplacés et le soleil rayonnait à présent sur les plus rapprochés de ces pics abrupts et déchiquetés qui surgissaient d'une façon aussi inattendue, comme des îles, hors de la plaine immense. L'instant d'avant, ils étaient encore noirs et morts. Maintenant, tout à coup, ils reprenaient vie entre un premier plan ombragé et un fond d'obscurité nuageuse. Ils brillaient, comme éclairés de leur propre incandescence.

Je touchai le bras de Bob, et lui montrai du doigt le paysage.

« Comprenez-vous, maintenant, pourquoi Tallis se plaît à vivre au bout de cette route? »

Il y jeta un regard rapide, évita d'un brusque coup de volant un arbre de Josué abattu, regarda encore pendant une fraction de seconde, et ramena ses yeux sur la route.

« Ça me rappelle cette eau-forte de Goya, vous savez laquelle. La femme montée sur un étalon, et l'animal qui tourne la tête lui a pris sa robe entre les dents, – il essaie de la tirer à bas, il essaye de lui arracher ses vêtements. Et elle rit comme une folle, dans un transport de plaisir. Et à l'arrière-plan, il y a une plaine, avec des buttes en saillie, comme ici. Mais, si l'on regarde attentivement les buttes de Goya, on voit que ce sont en réalité des animaux accroupis, moitié rats, moitié lézards, gros comme des montagnes. J'en ai acheté une reproduction pour Elaine. »

Mais Elaine, ai-je pensé dans le silence qui suivit, n'avait pas tenu compte de cette indication. Elle avait laissé l'étalon la faire tomber à terre, elle y était restée étendue, riant tant et plus d'un rire incoercible, tandis que les grosses dents déchiraient son corsage, réduisaient la jupe en lambeaux, frôlant la peau douce au-dessous, d'une menace effrayante mais délicieuse, d'un fourmillement de douleur imminente. Puis, à Acapulco, ces énormes rats-lézards s'étaient réveillés de leur sommeil de pierre et soudain ce pauvre vieux Bob s'était vu entouré non point de Grâces délicieuses et pâmées, non point de la troupe rieuse de Cupidons au derrière rose, mais de monstres.

Mais entre-temps nous étions parvenus à destination. Entre les arbres le long du fossé j'aperçus une maison blanche en pans de bois sous un peuplier énorme, flanquée d'un côté d'un moulin à vent et de l'autre, d'une grange en tôle ondulée. La barrière était fermée. Bob arrêta la voiture et nous sommes descendus. On avait cloué un écriteau blanc au poteau de la barrière. Une main malhabile y avait peint une longue inscription en vermillon :

> Le baiser de la sangsue, l'étreinte du poulpe
> La souillure du contact du singe lascif;
> Alors, aimez-vous la race humaine?
> Non, pas beaucoup.
> CECI S'ADRESSE À VOUS : PASSEZ AU LARGE.

« Ma foi, nous sommes manifestement venus au bon endroit », dis-je.

Bob acquiesça d'un signe de tête. Nous avons ouvert la barrière, traversé une large étendue de terre battue et frappé à la porte de la maison. Elle fut ouverte presque immédiatement par une femme corpulente et d'un certain âge portant des lunettes, vêtue d'une robe de coton bleu à fleurs et d'un vieux caraco rouge. Elle nous fit un sourire amical.

« Panne d'auto? » demanda-t-elle.

Nous avons secoué la tête négativement, et Bob expliqua que nous étions venus voir Mr. Tallis.

« Mr. Tallis? »

Le sourire s'effaça de son visage; elle prit un air grave et hocha la tête.

« Vous ne saviez pas? » dit-elle. « Mr. Tallis a passé, voilà six semaines.

– Vous voulez dire qu'il est mort?

– Il a passé », insista-t-elle, puis elle se lança dans son récit.

Mr. Tallis avait loué la maison pour un an. Son mari et elle étaient allés s'installer dans la vieille petite cabane, derrière la grange. Elle n'avait de cabinets qu'à l'extérieur, mais ça, ils y avaient été habitués là-bas au fin fond du Dakota du Nord, et, heureusement, l'hiver avait été doux. Quoi qu'il en soit, ils avaient été bien contents de toucher l'argent, les prix étant ce qu'ils sont aujourd'hui; et Mr. Tallis était on ne peut plus agréable, une fois qu'on avait compris qu'il tenait à n'être pas dérangé.

« Je suppose que c'est lui qui a installé cet écriteau sur la barrière? »

La vieille dame fit un signe de tête affirmatif et dit que c'était assez original; elle avait l'intention de le laisser.

« A-t-il été malade longtemps? » demandai-je.

« Il n'était pas malade du tout, répondit-elle. Quoiqu'il ait toujours dit qu'il avait quelque chose du côté du cœur. »

Et voilà pourquoi il avait passé. Dans la salle de bains. C'est là qu'elle l'avait trouvé un matin, alors qu'elle venait lui apporter son litre de lait et une douzaine d'œufs de l'épicerie. Froid comme le marbre. Il avait dû rester là toute la nuit. Elle n'avait jamais eu de sa vie un choc pareil.

Et puis, quel branle-bas, vu qu'on ne lui connaissait pas de parents! Le médecin avait été appelé et ensuite le shérif, et il avait fallu une ordonnance judiciaire avant que le pauvre homme puisse seulement être enterré, et moins encore embaumé. Puis, il avait fallu emballer tous les livres, les papiers et les vêtements et mettre des scellés sur les caisses, et tout faire entreposer quelque part à Los Angeles, au cas où il y aurait quelque part un héritier. Enfin, elle et son mari étaient à présent revenus dans la maison, et elle en éprouvait quelque scrupule, parce que le pauvre Mr. Tallis avait encore quatre mois de son bail à courir et qu'il avait tout payé d'avance. Mais d'autre part, évidemment elle était bien contente, à présent que la pluie et la neige avaient fini par venir, à cause des cabinets qui étaient à l'intérieur de la maison et pas au-dehors, comme quand ils avaient habité la cabane.

Elle s'arrêta pour souffler. Bob et moi, nous avons échangé un coup d'œil.

« Ma foi, dans ces conditions », dis-je, « je crois que nous ferions bien de partir. »

Mais la vieille dame ne voulut pas en entendre parler. « Entrez », insista-t-elle, « entrez donc. »

Nous avons hésité, puis, acceptant son invitation, nous l'avons suivie à travers un minuscule vestibule jusqu'à la salle de séjour. Un poêle à pétrole était allumé dans un angle de la pièce; l'air était chaud, et une odeur presque tangible de friture et de couches emplissait la maison. Un petit vieillard semblable à un léprechaun [1] était assis dans un fauteuil à bascule, près de la fenêtre, lisant les bandes dessinées du journal du dimanche. Près de lui, une toute jeune femme pâle, à l'air préoccupé – elle ne pouvait pas avoir plus de dix-sept ans – tenait dans un de ses bras un bébé, et, de l'autre main, boutonnait son corsage rose. L'enfant eut un renvoi, une bulle de lait apparut au coin de sa bouche. La jeune mère laissa le dernier bouton défait et essuya tendrement les lèvres qui dessinaient une

1. Les léprechauns sont de petits farfadets de la mythologie irlandaise. *(N.d.T.)*

moue. Par la porte ouverte d'une autre pièce arrivaient les sons d'une fraîche voix de soprano chantant *Now is the hour* [1] sur un accompagnement de guitare.

« Voici mon mari », dit la vieille dame : « Mr. Coulton.

Heureux de faire votre connaissance », dit le léprechaun, sans quitter des yeux son illustré.

« Et voici notre petite-fille, Katie. Elle s'est mariée l'année dernière.

– C'est ce que je vois », dit Bob. Il s'inclina devant la jeune femme et lui dédia un de ces sourires séducteurs pour lesquels il était si renommé.

Katie le regarda comme s'il n'avait été rien de plus qu'un meuble; puis, rajustant ce dernier bouton, elle se détourna sans dire un mot et commença à gravir l'escalier raide qui conduisait à l'étage.

« Et ces messieurs », poursuivit Mrs. Coulton, désignant Bob et moi, « sont deux amis de Mr. Tallis. »

Il nous fallut expliquer que nous n'étions pas à proprement parler des amis. Nous ne connaissions de Mr. Tallis que ses travaux; seulement ceux-ci nous avaient tellement intéressés que nous étions venus jusque-là, espérant le rencontrer, – mais voilà que c'était pour apprendre la nouvelle tragique de sa mort.

Mr. Coulton leva les yeux qu'il avait continué à tenir baissés sur son journal.

« Soixante-six ans », dit-il. « Il n'avait que soixante-six ans, lui. Moi, j'en ai soixante-douze. Soixante-douze depuis octobre dernier. »

Il émit le petit rire triomphant de quelqu'un qui a remporté une victoire, puis retourna à Flash Gordon – Flash l'invulnérable, Flash l'immortel, Flash le perpétuel chevalier errant pour jeunes femmes, non pas telles qu'elles le sont dans la lamentable réalité, mais telles que les idéalistes de l'industrie des soutiens-gorge proclament qu'elles devraient l'être.

« J'ai vu par hasard ce que Mr. Tallis avait soumis à notre Studio », dit Bob.

1. *Le moment est venu.*

De nouveau, le léprechaun leva les yeux.

« Vous travaillez dans le cinéma? » demanda-t-il.

Bob reconnut que oui.

Dans la pièce contiguë, la musique s'arrêta brusquement au milieu d'une phrase.

« Un de ces gros bonnets? » questionna Mr. Coulton.

Avec la plus charmante fausse modestie, Bob lui assura qu'il n'était qu'un auteur qui se mêlait de temps à autre de la mise en scène. Le léprechaun hocha lentement la tête.

« J'ai lu ça dans le journal, où c'est qu'il a dit, ce type, Goldwyn, que tous les gros bonnets doivent subir cinquante pour cent de réduction sur leur salaire. »

Ses yeux étincelaient joyeusement; il émit encore une fois son petit rire triomphant. Puis, se désintéressant brusquement de la réalité, il retourna à ses mythes.

Le Christ devant Lublin! Je me suis efforcé de passer à un sujet moins douloureux en demandant à Mrs. Coulton si elle avait su que Tallis s'intéressait au cinéma. Mais tandis que je parlais, un bruit de pas dans la pièce contiguë attira son attention.

Je tournai la tête. Dans l'encadrement de la porte, vêtue d'un chandail noir et d'une jupe écossaise, se tenait – qui? Lady Hamilton à seize ans, Ninon de Lenclos lorsqu'elle avait perdu sa virginité au profit de Coligny, *la petite*[1] Morphil, Anna Karénine écolière.

« Voici Rosie », dit Mrs. Coulton avec fierté. « Notre autre petite-fille. Rosie étudie le chant, confia-t-elle à Bob. Elle voudrait faire du cinéma.

– Mais comme c'est intéressant! » s'écria Bob d'un ton enthousiaste, tandis qu'il se levait pour serrer la main de la future Lady Hamilton.

« Peut-être pourriez-vous lui donner quelques conseils », dit la grand-mère éperdue d'admiration pour sa progéniture.

1. En français dans le texte.

« Je ne serais que trop heureux.

– Va chercher une chaise de plus, Rosie. »

La jeune fille leva les paupières et lança à Bob un regard bref mais chargé d'intensité.

« A moins que ça ne vous soit égal de vous asseoir dans la cuisine », dit-elle.

« Mais comment donc. »

Ils disparurent tous les deux dans l'autre pièce. Regardant par la fenêtre, je vis que les buttes étaient de nouveau dans l'ombre. Les rats-lézards avaient fermé les yeux et faisaient le mort, mais seulement afin d'endormir les soupçons de leur victime en lui donnant la sensation d'une fausse sécurité.

« C'est plus que la chance », disait Mrs. Coulton, « c'est la Providence. Un gros bonnet du cinéma qui vient ici juste au moment où Rosie a besoin de quelqu'un pour la pousser.

– Juste au moment où le cinéma va fermer boutique comme les spectacles de music-hall », dit le léprechaun, sans lever les yeux de la page de journal.

« Qu'est-ce qui te fait dire des choses pareilles?

– C'est pas moi qui les dis », répliqua le vieillard. « C'est ce Goldwyn. »

De la cuisine arriva le bruit d'un rire étonnamment enfantin. Bob était manifestement en bonne voie. Je prévis un nouveau petit voyage à Acapulco, avec des conséquences encore plus désastreuses que celles du premier.

Entremetteuse en toute innocence, Mrs. Coulton sourit de plaisir.

« Votre mari me plaît », dit-elle. « Il s'entend bien avec les enfants. Pas pour deux sous de prétention. »

J'acceptai sans commentaire le reproche implicite et lui demandai de nouveau si elle avait su que Mr. Tallis s'intéressait au cinéma.

Elle fit un signe de tête affirmatif. Oui, il lui avait dit qu'il envoyait quelque chose à l'un des studios. Il voulait gagner de l'argent. Pas pour lui-même car, bien qu'il eût perdu la majeure partie de ce qu'il possédait, il avait encore de quoi vivre. Non, il avait besoin d'argent supplémentaire pour l'envoyer en Europe. Il avait été marié à une jeune Allemande dans le temps, avant la Première Guerre mondiale. Puis, ils avaient divorcé et elle était restée en Allemagne avec le bébé. Et maintenant il ne restait plus qu'une petite-fille. Mr. Tallis voulait la ramener ici, mais les gens de Washington avaient refusé. Alors, ce qu'il avait de mieux à faire, c'était de lui envoyer beaucoup d'argent pour qu'elle puisse manger convenablement et finir ses études. Voilà pourquoi il avait écrit ce machin-là pour le cinéma.

Ses paroles me rappelèrent soudain quelque chose dans le scénario de Tallis, un passage où il était question d'enfants dans l'Europe d'après-guerre se prostituant pour des tablettes de chocolat.

La petite fille... peut-être avait-elle été l'une de ces enfants-là? « *Ich* donner toi *Schokolade, du* donner moi *Liebe.* Comprends? » Elles ne comprenaient que trop bien. Une tablette de Hershey [1] à présent, deux de plus après.

« Qu'est-ce qui est arrivé à sa femme? » demandai-je. « Et aux parents de la petite-fille?

– Ils ont passé », dit Mrs. Coulton. « J'imagine qu'ils étaient juifs, ou quelque chose comme ça.

– Notez bien », dit soudain le léprechaun, « que j'ai rien contre les juifs. Mais n'empêche... » Il s'arrêta un instant. – « Peut-être qu'Hitler n'était pas bête, après tout. »

Cette fois, je le vis, ce fut aux Jumeaux Katzenjammer [2] qu'il retourna.

Un nouvel éclat de rire enfantin retentit dans la cuisine. Les seize ans de Lady Hamilton en paraissaient plutôt

---

1. C'est une marque américaine de chocolat. *(N.d.T.)*.

2. Héros des dessins humoristiques américains. Max et Moritz, gamins espiègles créés par l'humoriste Wilhelm Basch et héros des bandes dessinées par Rudolph Dirks au début du siècle, ont été rebaptisés en France Pam et Poum (dans les aventures de Pim Pam Poum). (*N.d.T.*)

onze. Et pourtant, comme il avait été mûr, comme il avait été techniquement parfait, ce regard dont elle avait accueilli Bob! Manifestement, ce qu'il y avait de plus troublant chez Rosie, c'est qu'elle était simultanément innocente et avertie, aventurière calculatrice et écolière aux cheveux nattés.

« Il s'est remarié », reprit la vieille dame sans s'inquiéter du rire ni de l'antisémitisme. « Avec quelqu'un qui faisait du théâtre. Il m'a dit son nom, mais je l'ai oublié. De toute façon, ça n'a pas duré longtemps. Elle est partie avec un autre homme. Moi, ce que je dis, c'est que c'est bien fait pour lui, puisqu'il était parti avec elle alors qu'il avait une femme là-bas, en Allemagne. Je trouve que c'est pas bien, toutes ces histoires de divorce, où l'on épouse le mari d'une autre. »

Pendant le silence qui suivit, j'ai échafaudé toute une biographie pour cet homme que je n'avais jamais vu. Le jeune homme de la Nouvelle-Angleterre, d'une bonne famille. Des études solides mais non poussées jusqu'à la pédanterie. Doué naturellement, mais pas d'une façon assez écrasante pour lui faire désirer d'échanger une vie de loisir contre les fatigues de la profession d'écrivain. Après sa sortie de Harvard, il était allé en Europe, avait vécu confortablement, avait connu partout les gens de premier plan. Et alors, à Munich, j'en avais la certitude, il était tombé amoureux. Je me représentais la jeune personne vêtue de l'équivalent germanique des robes Liberty, la fille de quelque artiste en vogue ou d'un protecteur des arts. Un de ces produits presque désincarnés, planants, pourrait-on dire, de la richesse et de la culture de l'époque Guillaume, un être à la fois vague et intense, d'une imprévisibilité séduisante et d'un idéalisme affolant, *tief*[1] et allemand. Tallis s'était épris, s'était marié, avait procréé un enfant, en dépit de la frigidité de sa femme, avait été quasi asphyxié par la sentimentalité oppressive de l'atmosphère domestique. Comme avaient semblé frais et sains, en comparaison, l'air de Paris et l'ambiance régnant autour

1. Profond.

de cette jeune actrice de Broadway qu'il avait rencontrée là-bas au cours d'un congé!

La belle Américaine,
Qui rend les hommes fous
Dans deux ou trois semaines
Partira pour Corfou[1].

Mais celle-ci n'était pas partie pour Corfou – ou, si elle l'avait fait, ç'avait été en compagnie de Tallis. Et elle n'était pas frigide, elle ne planait pas, elle n'était ni vague, ni intense, ni profonde, ni sentimentale, ni snob en matière d'art. Ce qu'elle *était*, malheureusement, c'était un peu rosse. Et ce peu s'était accru avec le passage des années. Lorsqu'il en vint à divorcer, ce peu était devenu la bête entière.

En regardant en arrière à partir de 1947, le Tallis inventé par moi pouvait voir avec précision ce qu'il avait fait : pour un plaisir physique et pour l'excitation et la satisfaction simultanées d'une imagination érotique, il avait condamné une épouse et une fille à la mort entre les mains de sadiques, et une petite-fille aux caresses de n'importe quel soldat ou profiteur du marché noir disposant d'une poche pleine de bonbons ou du prix d'un repas convenable.

Chimères romanesques! Je me tournai vers Mrs. Coulton.

« Ma foi, je regrette de ne pas l'avoir connu », ai-je remarqué.

« Il vous aurait plu », m'assura-t-elle. « Nous l'aimions tous, Mr. Tallis. Je vais vous dire une chose », me confia-t-elle. « Chaque fois que je fais le voyage de Lancaster pour aller au Club de Bridge des Dames, je vais au cimetière, rien que pour lui rendre visite.

– Et je parie qu'il déteste ça », commenta le léprechaun.

« Voyons, Elmer », protesta sa femme.

1. En français dans le texte.

« Mais je le lui ai entendu dire », insista Mr. Coulton. Trente-six fois. « Si je meurs ici », qu'il a dit, « je veux être enterré dans le désert.

– Il a écrit la même chose dans ce scénario qu'il a envoyé au studio », dis-je.

« Il a fait ça ? » Le ton de voix de Mrs. Coulton était celui de l'incrédulité.

« Oui, il décrit même la tombe dans laquelle il avait l'intention d'être enterré. Tout isolée, sous un arbre de Josué.

– Moi, j'aurais pu lui dire que c'était pas légal », reprit le léprechaun. « Depuis que les entrepreneurs de pompes funèbres ont fait voter cette loi à coups de pots-de-vin, par les députés de Sacramento. J'ai connu un homme qu'il a fallu exhumer vingt ans après qu'il avait été enterré au diable, là-bas, derrière les buttes. » Il agita la main dans la direction des rats sauriens de Goya. « Ça a coûté trois cents dollars à son neveu, avant que tout soit fini. »

Il eut un gloussement de rire à ce souvenir.

« Moi, je ne voudrais pas être enterrée dans le désert », dit sa femme d'un ton catégorique.

« Pourquoi pas ?

– C'est trop solitaire », répondit-elle. « Je détesterais ça. »

Tandis que je me demandais ce que j'allais pouvoir dire, la jeune mère pâle descendit l'escalier, portant une couche. Elle s'arrêta un instant pour jeter un coup d'œil dans la cuisine.

« Écoute, Rosie », dit-elle d'une voix basse et chargée de colère, « il est temps que tu travailles un peu, pour changer. »

Puis elle se retourna et se dirigea vers le vestibule, où une porte ouverte permettait de voir le confort moderne des cabinets intérieurs dont il avait été question.

« Voilà qu'il a encore la diarrhée », dit-elle avec amertume, en passant devant sa grand-mère.

Les joues empourprées, les yeux brillants de surexcitation, la future Lady Hamilton sortit de la cuisine. Derrière elle, dans l'encadrement de la porte, se tenait le futur

Hamilton, activement occupé à s'imaginer qu'il allait être Lord Nelson [1].

« Grand-mère », annonça la jeune fille, « Mr. Briggs pense qu'il pourra me faire tourner un bout d'essai. » Quel idiot! Je me levai.

« Il est temps que nous partions, Bob », dis-je, sachant qu'il était déjà trop tard.

Par la porte entrouverte des cabinets arriva le bruit de succion de couches que l'on rinçait dans la cuvette.

« Écoutez! » ai-je glissé à l'oreille de Bob, en passant devant.

« Que j'écoute quoi? » demanda-t-il.

Je haussai les épaules. Ils ont des oreilles, mais ils n'entendent pas.

Enfin, voilà le point le plus proche où nous en vînmes jamais de la personne de Tallis. Dans ce qui suit, le lecteur pourra découvrir le reflet de son esprit. Je reproduis le texte des *Temps Futurs,* tel que je l'ai trouvé, sans modification et sans commentaire.

---

1. Rappelons que Lady Emma Hamilton, femme de l'ambassadeur britannique à Naples, fut la maîtresse de Nelson. *(N.d.T.)*

II

LE SCÉNARIO

Titres, générique et finalement sur fond sonore de trompettes et d'un chœur d'anges triomphants, le nom du PRODUCTEUR.

La musique change de caractère et si Debussy était de ce monde pour l'écrire, comme elle serait délicate, aristocratique, impeccablement vierge de toute lubricité et emphase wagnériennes, de toute vulgarité straussienne! Car voici sur l'écran, rendue par quelque chose de mieux que le Technicolor, l'heure qui précède le lever du soleil. La nuit semble s'attarder parmi l'obscurité d'une mer presque immobile; mais, du bord extrême du ciel, une pâleur transparente s'élève jusqu'au zénith, en passant du vert à un bleu de plus en plus profond. A l'est, l'étoile du matin est encore visible.

LE RÉCITANT

Une beauté inexprimable, une paix qui dépasse l'entendement...

Mais, hélas, sur notre écran,
Cet emblème d'un emblème
Ressemblera probablement
A l'illustration, par Mrs. Quelque Chose,
D'un poème d'Ella

Wheeler Wilcox[1]
A partir du sublime dans la Nature,
L'Art ne fabrique trop souvent
Que le risible.
Mais c'est un risque qu'il faut courir,
Car vous tous, là, vous qui êtes parmi les spectateurs,
D'une façon ou d'une autre et à n'importe quel prix,
Wilcox ou pire,
D'une façon ou d'une autre, il faut qu'on vous rapelle,
Il faut qu'on vous incite à vous rappeler,
Qu'on vous implore de bien vouloir
Comprendre Ce qu'il en est.

Tandis que le récitant parle, nous passons en fondu de notre emblème de l'emblème de l'Éternité à l'intérieur d'un cinéma bondé. La salle devient un peu moins sombre, et soudain nous nous rendons compte que l'assistance se compose exclusivement de babouins bien habillés, des deux sexes et de tous âges, depuis la première jusqu'à la seconde enfance.

LE RÉCITANT

Mais l'homme, l'homme orgueilleux
Revêtu pour un instant d'une parcelle d'autorité –
Connaissant le moins ce dont il est le plus assuré,
Son essence éternelle – pareil à un singe irascible,
Joue devant les cieux des tours fantastiques
A faire pleurer les anges[2]...

1. Poétesse populaire américaine, morte en 1919. (*N.d.T.*)
2. Cette tirade est empruntée à Shakespeare (*Measure for Measure*, II, 2) :

...But man, proud man,
Drest in a little brief authority,
Most ignorant of what he's most assured,
His glassy essence, like an angry ape,

Cadrage sur l'écran, que contemplent si attentivement les singes. Dans un décor tel que seuls auraient pu l'imaginer Sémiramis ou la Metro-Goldwyn-Mayer, on voit une jeune babouine à la poitrine opulente, vêtue d'une robe du soir d'un rose nacré, la bouche peinte en pourpre, le museau poudré de mauve, ses yeux rouges et enflammés cernés de mascara. Se déhanchant d'une façon aussi voluptueuse que le permet la faible longueur de ses membres postérieurs, elle monte sur la scène brillamment illuminée d'une boîte de nuit et, aux battements de deux ou trois cents paires de mains velues, s'approche du microphone Louis XV. Derrière elle, à quatre pattes et retenu par une légère chaîne d'acier attachée à un collier de chien, vient Michael Faraday [1].

LE RÉCITANT

« Connaissant le moins ce dont il est le plus assuré... » Et j'ai à peine besoin d'ajouter que ce que nous appelons connaissance est simplement une autre forme de l'Ignorance – hautement organisée, bien entendu, et éminemment scientifique, mais pour cette raison même d'autant plus complète, d'autant plus productrice de singes irascibles. Quand l'Ignorance était simplement de l'ignorance, nous étions les équivalents des lémuriens, des ouistitis et des singes hurleurs. Aujourd'hui, grâce à cette Ignorance supérieure qui est notre connaissance, la taille de l'homme s'est accrue dans une telle mesure que le moindre d'entre nous est maintenant un babouin,

---

Plays such fantastic tricks before high heaven
As make the angels weep;
[Who, with our spleens,]
[Would all themselves laugh mortal.]

C'est du quatrième vers qu'est tiré le titre anglais du livre, *Ape and Essence. (N.d.T.)*

1. Physisien anglais (1791-1867) à qui l'on doit la théorie de l'influence électrostatique, l'énoncé des lois de l'électrolyse, la découverte de l'induction électromagnétique, entre autres.

le plus grand un orang-outan, ou même, s'il prend rang de Sauveur de la Société, un authentique Gorille.

Cependant, la babouine est arrivée auprès du microphone. Tournant la tête, elle surprend Faraday à genoux, au moment où il redresse son dos courbé et douloureux.

« A bas, monsieur, à bas! »

Le ton est péremptoire; elle cingle le vieillard d'un coup de sa cravache à pommeau de corail. Faraday a un tressaillement de douleur et obéit; les singes spectateurs rient avec ravissement. Elle leur envoie un baiser du bout des doigts puis, attirant à elle le microphone, elle découvre ses dents formidables et se met à chanter, d'une voix de contralto expirante sur le ton de la confidence intime, le dernier succès populaire :

L'Amour, l'Amour, l'Amour,
L'Amour, c'est bien l'essence
De tout ce que je pense, ou fais, ou vois.
Donn'-moi, donn'-moi, donn'-moi
Donne-moi la détumescence,
Ce qui veut dire Toi!

Gros plan du visage de Faraday, qui reflète de l'étonnement, du dégoût, de l'indignation, et, en fin de compte, une honte et une angoisse telles que les larmes commencent à couler le long de ses joues creusées de rides.

Plans, en montage, des Bonnes gens du Pays de la Radio, écoutant leur T.S.F.

Une corpulente ménagère babouine faisant frire des saucisses, tandis que le haut-parleur lui apporte l'exaucement imaginaire de ses désirs les plus inavouables.

Un bébé babouin, debout dans son petit lit, les bras tendus pour atteindre le poste portatif sur la commode et tournant le bouton pour obtenir la promesse de détumescence.

Un babouin financier entre deux âges interrompant sa lecture des nouvelles de la Bourse pour écouter, les yeux fermés et avec un sourire extatique : « Donn'-moi, donn'-moi, donn'-moi, donne-moi... »

Deux jeunes babouins de moins de vingt ans, s'étreignant en musique dans une voiture parquée. « Ce qui veut dire Toi – oi – oi. » Gros plan de bouches et de pattes.

Nouveau cadrage sur les larmes de Faraday. La chanteuse se retourne, aperçoit son visage tourmenté, pousse un cri de fureur, et se met à le battre, lui décochant coup sur coup féroce, tandis que les spectateurs applaudissent tumultueusement. Les murailles d'or et de jaspe de la boîte de nuit s'estompent et l'on voit un instant les contours du singe et de son intellect captif silhouettés sur le crépuscule naissant de notre première séquence. Puis ceux-ci s'estompent à nouveau, et ne reste que l'emblème d'un emblème de l'Éternité.

LE RÉCITANT

> La mer, la planète brillante, le cristal sans limites du ciel, sûrement, vous vous en souvenez ! Sûrement ! Ou se peut-il que vous ayez oublié, que vous n'ayez même jamais découvert ce qui s'étend au-delà du Zoo mental et de l'Asile intérieur, et de tout ce Broadway de théâtres imaginaires, où le seul nom qui paraisse en lettres lumineuses est toujours le vôtre ?

La caméra fait un panoramique dans le ciel, et voici que la forme noire et dentelée d'une île rocheuse rompt la ligne d'horizon. Devant l'île passe une grosse goélette à quatre mâts. Nous nous rapprochons, nous voyons que le navire bat pavillon néo-zélandais et s'appelle *Canterbury*. Son capitaine et un groupe de passagers appuyés à la rambarde ont les yeux fixés avec attention vers l'est. Nous regardons dans leurs jumelles et découvrons une ligne de littoral aride. Puis, presque soudainement, le soleil s'élève derrière la silhouette de montagnes lointaines.

LE RÉCITANT

Ce jour brillant et neuf est le 20 février 2108, et ces hommes et ces femmes sont les membres de l'Expédition néo-zélandaise de Redécouverte de l'Amérique du Nord. Épargnée par les belligérants de la Troisième Guerre mondiale, – non pas, j'ai à peine besoin de le dire, pour quelque raison humanitaire, mais simplement parce que, comme l'Afrique équatoriale, elle était trop éloignée pour que quiconque ait pris la peine de la détruire, – la Nouvelle-Zélande a survécu et a même été modestement florissante dans un isolement qui, en raison de l'état dangereusement radioactif du reste du monde, est demeuré pendant plus d'un siècle quasi absolu. Maintenant que le danger est passé, voici qu'arrivent ses premiers explorateurs redécouvrant l'Amérique à partir de l'ouest. Et pendant ce temps, de l'autre côté du monde, les Noirs ont descendu le Nil et franchi la Méditerranée. Quelles magnifiques danses de tribus dans les salles infestées de chauves-souris de la Mère des Parlements [1]! Et le labyrinthe du Vatican, – quel endroit merveilleux pour y célébrer les rites attardés et complexes de la circoncision féminine! Tous, nous obtenons exactement ce que nous demandons.

La scène s'assombrit; il y a un bruit de canonnade. Quand les lumières se rallument, voilà le Dr Albert Einstein, accroupi, tenu en laisse, derrière un groupe de babouins en uniforme.

Travelling de caméra sur un étroit *no man's land* de débris, d'arbres brisés, de cadavres et point fixe sur un second groupe d'animaux, portant des décorations différentes et sous un autre drapeau, mais avec le même

1. Westminster Palace où siège le Parlement. En fait, l'expression est empruntée à John Bright qui l'a employée dans un discours en 1860: « L'Angleterre, la Mère des Parlements. »

Dr Albert Einstein, au bout d'une laisse exactement semblable, accroupi sur les talons de leurs hautes bottes. Sous l'auréole de cheveux ébouriffés, le bon visage innocent a une expression d'abasourdissement douloureux. La caméra va et vient d'Einstein à Einstein. Premiers plans des deux visages identiques, se contemplant mélancoliquement l'un l'autre entre les bottes de cuir poli de leurs maîtres respectifs.

Sur la bande son, la voix, les saxophones et les violoncelles continuent à proclamer leur désir de détumescence.

« C'est vous, Albert? » demande l'un des Einsteins, d'une voix hésitante.

L'autre fait lentement, de la tête, un signe d'assentiment.

« Albert, je crains bien que oui. »

Là-haut, les drapeaux des armées antagonistes se mettent soudain à s'agiter sous la brise qui fraîchit. Les motifs colorés se déploient, puis se replient sur eux-mêmes, sont révélés et de nouveau cachés.

LE RÉCITANT

Des bandes verticales, des bandes horizontales, des ronds et des croix, des aigles et des marteaux. Simples signes arbitraires. Mais chacune des réalités à laquelle un signe a été attaché est ainsi soumise à son signe. Goswami et Ali vivaient jadis en paix. Mais j'ai reçu un drapeau, vous avez reçu un drapeau, tous les enfants du Dieu-Babouin ont reçu des drapeaux. Alors même Ali et Goswami ont reçu des drapeaux; et, à cause des drapeaux, il est immédiatement devenu juste et convenable pour celui qui avait un prépuce d'étriper celui qui n'en avait pas, et pour le circoncis d'abattre à coups de fusil l'incirconcis, de violer sa femme et de rôtir ses enfants à feu doux.

Mais, entre-temps, au-dessus de l'étamine flottent les formes gigantesque des nuages, et au-delà des nuages il y a ce vide bleu qui est un emblème de notre Essence éternelle, et au pied de la hampe du drapeau poussent le froment, le riz vert émeraude et le millet. Le pain du corps et le pain de l'esprit. Nous avons le choix entre le pain et l'étamine. Et c'est l'étamine, ai-je besoin de le dire, que nous avons presque unanimement choisie.

La caméra descend des drapeaux aux Einsteins et passe des Einsteins aux États-Majors copieusement décorés à l'arrière-plan. Tout à coup et simultanément, les deux Maréchalissimes lancent un commandement. Aussitôt, de part et d'autre, apparaissent des techniciens babouins, avec un équipement complètement motorisé pour le lancement d'aérosols. Sur les réservoirs à gaz comprimés de l'une des armées sont peints les mots : SUPER-TULARRÉMIE; sur ceux de leurs adversaires : MORVE AMÉLIORÉE GARANTIE PURE A 99,44 pour 100. Chacun des groupes de techniciens est accompagné de sa mascotte, Louis Pasteur, au bout d'une chaîne. Sur la bande son il y a une réminiscence de la chanteuse babouine. *Donn'-moi, donn'-moi, donn'-moi, donne-moi la détumescence...* Puis ces accents voluptueux passent, par une série de modulations, au cantique *Terre d'Espoir et de Gloire,* joué par un rassemblement massif de fanfares et chanté par un chœur de quatorze mille voix.

LE RÉCITANT

Quels pays? demandez-vous. Et je réponds :
N'importe quel pays ancien –
Et la Gloire, bien entendu, c'est celle du Roi-Babouin;
Quant à l'Espoir,
Dieu bénisse votre petit cœur, il n'y a pas d'espoir,
Rien que la probabilité quasi infinie
D'aboutir d'une façon soudaine,
Ou bien par degrés torturants,

A l'ultime et irrémédiable
Détumescence.

Premier plan de pattes posées sur les robinets d'arrêt, puis la caméra recule. Des réservoirs à gaz comprimé, deux flots de brouillard jaune se mettent à rouler l'un vers l'autre, paresseusement, au-dessus du *no man's land.*

LE RÉCITANT

La Morve, mes amis, la Morve, – maladie des chevaux, peu commune chez les humains. Mais, n'ayez crainte, la Science peut aisément la rendre universelle. Et en voici les symptômes. Des douleurs violentes dans toutes les articulations. Des pustules sur tout le corps. Sous la peau, des tumeurs dures, qui finissent par crever et se changer en ulcères squameux. Cependant, la muqueuse nasale s'enflamme et dégage une décharge abondante de pus nauséabond. Il se forme rapidement des ulcères à l'intérieur des narines, lesquels rongent l'os et le cartilage environnant. L'infection passe du nez dans les yeux, la bouche, la gorge et les ouvertures bronchiales. Dans un délai de trois semaines, la plupart des malades sont morts. S'assurer que tous mourront, telle a été la tâche de quelques-uns de ces brillants docteurs ès sciences actuellement au service de votre gouvernement. Et non pas de votre gouvernement seul; de tous les autres organisateurs, élus ou désignés par eux-mêmes, de la schizophrénie collective du monde. Les biologistes, les pathologistes, les physiologistes, – les voici, après une journée ardue passée au laboratoire, qui rentrent dans leur famille. Une étreinte de la gentille petite femme. Des ébats avec les enfants. Un dîner tranquille avec des amis, suivi d'une soirée de musique de chambre ou de conversation intelligente sur la politique ou la philosophie. Puis le lit, à onze heures, et les extases familières de l'amour conjugal. Et, le lendemain matin, après un jus d'orange et des *grapenuts* [1], les voilà qui repartent à leur travail qui est de découvrir comment un nombre encore plus grand de familles exactement pareilles à la leur pourra être infecté par une souche encore plus mortelle de *bacillus mallei.*

Il y a un nouveau commandement glapi par les Maréchalissimes. Parmi les babouins bottés chargés des approvisionnements en Génie de l'une et l'autre armées, il y a des claquements de fouet violents, on tire sur les laisses.

Premier plan des Einsteins qui essaient de résister.

« Non, non... Je ne peux pas.

– Je vous dis que je ne peux pas.

– C'est déloyal!

– C'est antipatriotique!

– Sale communiste!

– Bourgeois-fasciste puant!

– Impérialiste rouge!

– Capitaliste-monopoliste!

– Tiens!

– Tiens! »

Frappé à coups de pied et de fouet, à demi étranglé, chacun des Einsteins est finalement traîné vers une sorte de guérite. A l'intérieur de ces guérites il y a des consoles munies de cadrans, de boutons et d'interrupteurs.

LE RÉCITANT

Assurément, c'est manifeste.
Tous les écoliers ne le savent-ils pas?
Les fins sont choisies par les singes;
les moyens seuls sont de l'homme.
Proxénète de Papio, trésorier des Babouins,

1. C'est un « petit déjeuner » américain type; les *grapenuts* sont une préparation à base de céréales, que l'on consomme avec du lait. *(N.d.T.)*

La raison arrive en courant, impatiente d'approuver;
Arrive, attrape-néant, avec la Philosophie, s'aplatissant devant les tyrans,
Arrive, marlou pour la Prusse, avec l'Histoire brevetée de Hegel;
Arrive, avec la Médecine pour administrer au Roi des Singes son aphrodisiaque;
Arrive en rimant, et avec la Rhétorique, pour écrire ses allocutions;
Arrive avec le Calcul pour pointer ses fusées
De façon précise, sur l'orphelinat de l'autre côté de l'Océan;
Arrive, ayant visé, avec de l'encens pour prier
Dévotement Notre-Dame afin d'obtenir un coup au but.

Les fanfares cèdent la place aux Wurlitzers [1] les plus sirupeux, – *Terre d'Espoir et de Gloire*, à *En avant, Soldats du Christ*. Suivi de ses Très Révérends Doyen et Chapitre, le Très Révérend Évêque-Babouin du Bronx s'avance majestueusement, sa crosse dans sa patte constellée de bijoux, pour bénir les deux Maréchalissimes et leurs travaux patriotiques.

LE RÉCITANT

L'État, l'Église souveraine,
La Cupidité et la Haine,
Deux personnes-Babouins en un Gorille suprême.

TOUS

Amen, amen.

L'ÉVÊQUE

In nomine Babuini...

---

1. Ce sont des orgues mécaniques. *(N.d.T.)*

Sur la bande son, tout n'est que *vox humana* et voix angéliques des choristes.

« Avec la (p) Croix de (pp) Jésus, (ff) qui nous précède. »

Des pattes énormes soulèvent les Einsteins et les mettent debout et, dans un gros plan, leur saisissent les poignets. Guidés par les singes, ces doigts, qui ont écrit des équations et joué la musique de Jean-Sébastien Bach, se referment sur les leviers de commande et, avec une répugnance horrifiée, les abaissent lentement. Il y a un petit déclic, puis un long silence, rompu enfin par la voix du Récitant.

LE RÉCITANT

Même aux vitesses supersoniques, il faudra aux missiles un temps appréciable pour atteindre leur destination. Aussi, que penseriez-vous, les gars, d'un brin de déjeuner, pendant que nous attendons notre Jugement dernier ?

Les singes ouvrent leurs havresacs, lancent aux Einsteins du pain, quelques carottes, et deux ou trois morceaux de sucre, puis attaquent eux-mêmes un repas de mortadelle arrosée de rhum.

Fondu enchaîné sur le pont de la goélette, où les savants de l'Expédition de Redécouverte sont, eux aussi, en train de déjeuner.

LE RÉCITANT

Et voici quelques-uns des survivants de ce Jugement. Des gens très gentils! Et la civilisation qu'ils représentent, – elle est gentille, elle aussi. Rien de bien passionnant ni de spectaculaire, évidemment. Pas de Parthénons, ni de Chapelles Sixtines, pas de Newtons, de Mozarts, ni de Shakespeares, mais aussi, pas d'Ezzelinos, de Napoléons, d'Hitlers ni de

Jay Goulds, d'Inquisition ni de N.K.V.D., pas d'épuration, de pogroms ni de lynchages. Pas de sommets ni d'abîmes, mais du lait à profusion pour les enfants, un Q.I. [1] raisonnablement élevé et toutes choses, d'une façon tranquille et provinciale, foncièrement empreintes de bien-être, de bons sens et d'humanité.

L'un des hommes lève ses jumelles et contemple le rivage, qui n'est éloigné que d'un mille ou deux à présent. Il pousse soudain une exclamation d'étonnement ravi.

« Regardez! » Il tend les jumelles à l'un de ses compagnons. « Sur la crête de la colline. »

L'autre regarde :

Travelling sur des collines basses. Au point le plus élevé de la crête, trois derricks de puits de pétrole se silhouettent sur le ciel, pareils à l'équipement d'un Calvaire modernisé et plus efficace.

« Du pétrole! » s'écrie le second observateur d'un ton surexcité. « Et les derricks sont encore debout.

– Encore debout? »

Étonnement général.

– Cela signifie », dit le vieux Pr Craigie, le géologue, « qu'il n'a pas pu y avoir grand'chose en fait d'explosion, par ici.

– Mais ce n'est pas nécessaire qu'il y ait des explosions », explique son collègue du Département de Physique nucléaire. « Les gaz radioactifs font leur œuvre d'une façon tout aussi efficace et sur des étendues bien plus grandes.

– Vous semblez oublier les bactéries et les virus », ajoute le Pr Grampian, le biologiste. Le ton de sa voix est celui d'un homme qui a l'impression d'avoir été lésé.

Sa jeune femme, qui est seulement anthropologiste et donc n'a aucune contribution à apporter à la discussion, se contente de dévisager le physicien d'un œil courroucé.

D'une allure athlétique dans son tailleur de tweed, mais

---

1. Quotient Intellectuel : indication numérique résumant les résultats d'une série de « tests » d'intelligence générale. *(N.d.T.)*

avec, en même temps, un air de vive intelligence derrière ses lunettes à monture de corne, Miss Ethel Hook, du Département de Botanique, leur rappelle qu'on a presque certainement fait un emploi étendu des maladies des plantes. Elle se tourne pour avoir une confirmation de ce qu'elle dit vers son collègue le Pr Poole, qui approuve d'un signe de tête.

« Les maladies des végétaux comestibles, dit-il de son ton professoral, auraient un effet à longue portée, guère moins décisif que celui produit par les corps susceptibles de fission ou les pandémies artificiellement provoquées. Considérez, par exemple, la pomme de terre...

– Mais pourquoi se casser la tête avec ces trucs compliqués », interrompt sans ambages, de sa voix tonnante, l'ingénieur du groupe, le Dr Cudworth. « Coupez les aqueducs, et tout sera fini en huit jours. Si toi pas boire, toi pas vivre. » Ravi de sa propre plaisanterie, il éclate d'un rire énorme.

Cependant, le Dr Schneeglock, le psychologue, reste assis là, écoutant avec un sourire de mépris à peine dissimulé.

« Mais pourquoi même se casser la tête avec ces histoires d'aqueducs? » demande-t-il. « Il suffit de menacer votre voisin d'une des armes de destruction de masse. Sa panique fera le reste. Rappelez-vous les conséquences du traitement psychologique à New York, par exemple. Les émissions de radio sur ondes courtes, en provenance d'outre-mer; les manchettes dans les journaux du soir. Et aussitôt il y a eu huit millions de gens qui se piétinaient à mort sur les ponts et dans les tunnels. Et les survivants se sont éparpillés dans la campagne, comme des sauterelles, comme une horde de rats contaminés par la peste. Polluant les installations d'eau. Répandant la typhoïde, la diphtérie et les maladies vénériennes. Jouant des dents et des griffes, pillant, assassinant, violant. Se nourrissant de chiens crevés et de cadavres d'enfants. Abattus à coups de fusil par les fermiers, matraqués par la police, fauchés à la mitrailleuse par la Garde d'État, pendus par les *Vigilantes*. Et la même chose se produisait à Chicago, à Detroit, à Philadelphie, à Washington, à Londres, à Paris; à Bombay, à Shanghai et à Tokyo, à Moscou, à Kiev, à Stalingrad, dans toutes les capitales, tous les centres industriels, tous les ports, tous les nœuds ferroviaires, dans le monde entier. Pas un coup de feu n'avait été tiré et la civilisation était déjà en ruine. Pourquoi les soldats n'ont jamais jugé nécessaire de se servir de leurs bombes, je me le demande. »

LE RÉCITANT

L'amour chasse la peur, mais réciproquement la peur chasse l'amour. Et non seulement l'amour. La peur chasse aussi l'intelligence, chasse la bonté, chasse toute idée de beauté et de vérité. Ce qui reste, c'est le désespoir muet ou laborieusement blagueur de quelqu'un qui a conscience de la Présence hideuse dans l'angle de la pièce et qui sait que la porte est fermée à clef, qu'il n'y a pas de fenêtres. Et voici que la chose s'abat sur lui. Il sent une main sur sa manche, subodore une haleine puante, tandis que l'assistant du bourreau se penche presque amoureusement vers lui. « C'est ton tour, frère. Aie donc l'amabilité de venir par ici. » Et en un instant sa terreur silencieuse est transmuée en une folie aussi violente qu'elle est futile. Il n'y a plus là un homme parmi ses semblables, il n'y a plus un être raisonnable, parlant d'une voix articulée à d'autres êtres raisonnables; il n'y a plus qu'un animal lacéré, hurlant et se débattant dans le piège. Car, en fin de compte, la peur chasse même l'humanité de l'homme. Et la peur, mes bons amis, la peur est la base et le fondement de la vie moderne. La peur de la technologie tant prônée, qui, si elle élève notre niveau de vie, accroît la probabilité de mort violente. La peur de la science, qui enlève d'une main plus encore qu'elle ne donne avec une telle profusion de l'autre. La peur des institutions dont le caractère mortel est démontrable et pour lesquelles, dans notre loyalisme suicidaire, nous sommes prêts à tuer et à mourir. La peur des Grands Hommes que, par acclamation populaire, nous avons élevés à un pouvoir qu'ils utilisent, inévitablement, pour nous assassiner et nous réduire en esclavage. La peur de la Guerre dont nous ne voulons pas et que nous faisons cependant tout notre possible pour déclencher.

Tandis que le Récitant parle, nous revenons, par fondu enchaîné, au pique-nique improvisé des babouins et de leurs Einsteins captifs. Ils mangent et boivent avec entrain, tandis que les deux premières mesures d'*En avant, Soldats du Christ,* se répètent mainte et mainte fois, de plus en plus vite, de plus en plus fort. Brusquement, la musique est interrompue par la première d'une succession d'explosions formidables. Le noir. Un bruit assourdissant et prolongé de fracas, de déchirements, de hurlements, de gémissements. Puis le silence et une clarté grandissante, et c'est de nouveau l'heure qui précède le lever du soleil, avec l'étoile du matin et la musique délicate et pure.

LE RÉCITANT

Une beauté inexprimable, une paix qui dépasse l'entendement...

Au loin, de dessous l'horizon, une colonne de fumée rose monte rigoureusement dans le ciel, s'enfle à la ressemblance d'un énorme champignon vénéneux et y reste suspendue, éclipsant la planète solitaire.

Nouveau fondu enchaîné sur le pique-nique. Les babouins sont morts. Horriblement défigurés par des brûlures, les deux Einsteins gisent côte à côte sous ce qui reste d'un pommier en fleur. Non loin, un réservoir à gaz comprimé laisse encore suinter sa Morve améliorée.

PREMIER EINSTEIN

C'est injuste, ce n'est pas bien...

DEUXIÈME EINSTEIN

Nous, qui n'avons jamais fait de mal à personne...

PREMIER EINSTEIN

Nous, qui n'avons vécu que pour la Vérité...

LE RÉCITANT

Et c'est précisément pour cela que vous voilà qui mourez, au service meurtrier de babouins. Pascal a expliqué tout cela, il y a plus de trois cents ans. « On se fait une idole de la vérité, car la vérité hors de la charité n'est pas Dieu, et est son image, et une idole, qu'il ne faut point aimer ni adorer. » Vous avez vécu pour l'adoration d'une idole. Mais, en dernière analyse, le nom de toute idole, c'est Moloch. C'est pourquoi vous en êtes là, mes amis, vous en êtes là.

Fouettée par une soudaine bouffée de vent, la masse de brouillard empesté s'avance sans bruit, envoie tourbillonner une traînée de vapeur couleur de pus parmi les fleurs de pommier, puis descend noyer les deux formes étendues. Un cri étranglé annonce la mort par suicide de la science du XXe siècle.

Fondu enchaîné sur un point de la côte de la Californie du Sud, à une trentaine de kilomètres à l'ouest de Los Angeles. Les savants de l'Expédition de Redécouverte sont en train de débarquer d'une baleinière. Un énorme égout, fracassé à l'endroit où il pénètre dans la mer, se dresse à l'arrière-plan.

LE RÉCITANT

Parthénon, Colisée –
Gloire qui fut la Grèce, grandeur *et caetera*[1].
Et il y a toutes les autres,
Thèbes et Copan, Arezzo et Ajanta;
Bourges, qui prend d'assaut le ciel,
Et la Sagesse divine flottant dans le calme.
Mais la gloire qui fut la Reine Victoria
Demeure incontestablement le W.C.;
La grandeur qui fut Franklin Delano,
C'est ce tout-à-l'égout, de beaucoup le plus grand qu'on ait jamais construit –
A sec, maintenant, et fracassé, Ichabod, Ichabod!
Et son chargement de préservatifs (incoerciblement légers et flottants,
Comme l'espoir, comme la concupiscence) ne blanchit plus
Cette plage solitaire d'une galerie de ce qui ressemblait à des anémones,
Ou des pâquerettes.

Pendant ce temps, les savants, le Dr Craigie à leur tête, ont traversé la plage, gravi la falaise peu élevée et se dirigent à travers la plaine sableuse et dénudée par l'érosion vers les puits de pétrole sur les collines lointaines.

La caméra suit le Pr Poole, botaniste en chef de l'expédition. Pareil à un mouton au pâturage, il va d'une plante à une autre, examinant des fleurs à travers sa loupe, mettant des spécimens dans sa boîte à herboriser, inscrivant des notes dans un petit calepin noir.

LE RÉCITANT

Eh bien, le voici, notre héros, le Pr Alfred Poole, docteur ès sciences. Plus connu de ses étudiants et de

1. Rappel d'un vers célèbre d'Edgar Poe. *(N.d.T.)*

ses jeunes collègues sous le nom de Poole le Stagnant[1]. Et le surnom, hélas, est douloureusement approprié. Car, bien qu'il ne soit pas laid, comme vous le voyez, bien qu'il soit membre de la Société royale de Nouvelle-Zélande et le contraire d'un imbécile, dans les circonstances de la vie de tous les jours son intelligence semble n'être que potentielle, sa puissance de séduction rien de plus que latente. Comme s'il avait vécu derrière une cloison de verre, qu'il avait pu voir et être vu, mais n'avait jamais pu établir un contact. Et la faute, comme le Dr Schneeglock du Département de Psychologie n'est que trop disposé à vous le dire, la faute en est à cette mère dévouée et profondément veuve dont il est gratifié, à cette sainte, à ce pilier de fortitude, à ce vampire, qui préside encore à la table où il prend son petit déjeuner, et qui, de ses propres mains, blanchit ses chemises de soie et lui reprise ses chaussettes comme on célèbre un sacrifice.

Miss Hook pénètre à présent dans le champ de l'objectif, elle y pénètre avec une explosion d'enthousiasme.

« N'est-ce pas que c'est passionnant, Alfred? » s'écrie-t-elle.

« Très », dit poliment le Pr Poole.

« Voir le *Yucca gloriosa* dans son habitat naturel, – qui se serait imaginé que nous en aurions jamais l'occasion? Et l'*Artemisia tridentata!*

– Il y a encore quelques fleurs sur l'*Artemisia* », dit le Pr Poole. « Leur voyez-vous quelque chose d'exceptionnel? »

Miss Hook les examine, et hoche négativement la tête.

« Elles sont beaucoup plus grosses que ce qui est décrit dans les vieux manuels », dit-il d'un ton de surexcitation laborieusement réprimée.

1. Il y a ici un jeu de mots intraduisible : Poole a la même prononciation que le nom *pool*, étang, mare. *(N.d.T.)*

« Beaucoup plus grosses? » répète-t-elle.
Son visage s'illumine. « Alfred, vous ne croyez pas...? »
Le Pr Poole confirme d'un signe de tête.
« Je suis prêt à le parier », dit-il. « Tétraploïdie. Produite par l'irradiation au moyen de rayons gamma.
« Oh! Alfred! » s'écrie-t-elle d'une voix extasiée.

LE RÉCITANT

Avec son tailleur de tweed et ses lunettes à monture de corne, Ethel Hook est une de ces jeunes femmes extraordinairement saines, étonnamment efficientes et intensément anglaises avec qui, à moins d'être soi-même également sain, également anglais et encore plus efficient, on aimerait mieux ne pas être marié. Voilà probablement pourquoi, à trente-cinq ans, Ethel est encore sans époux – mais, elle ose l'espérer, plus pour longtemps. Car bien que ce cher Alfred ne lui ait pas encore effectivement offert sa main, elle sait (et elle sait qu'il le sait) que le désir le plus cher de sa mère est qu'il le fasse – et Alfred est le plus soumis des fils. En outre, ils ont tant de choses en commun – la botanique, l'Université, la poésie de Wordsworth. Elle compte bien qu'avant leur retour à Auckland tout sera réglé – la cérémonie toute simple que célébrera le cher vieux Dr Trilliams, la lune de miel dans les Alpes du Sud, le retour à leur charmante petite maison de Mount Eden; et puis, au bout de dix-huit mois, le premier bébé...

Cadrage sur les autres membres de l'expédition, qui gravissent péniblement la colline vers les puits de pétrole. Le Pr Craigie, leur chef, s'arrête pour s'éponger le front et faire le compte de ses ouailles.
« Où est Poole? » demanda-t-il. « Et Ethel Hook? »

Quelqu'un indique l'endroit, de son bras tendu, et dans un plan général nous apercevons les silhouettes lointaines des deux botanistes.

Retour au Pr Craigie qui encadre des deux mains sa bouche en porte-voix et crie : « Poole, Poole!

– Pourquoi ne les abandonnez-vous pas à leur petit roman d'amour? » demande le jovial Cudworth.

« Roman d'amour, en vérité! » dit le Dr Schneeglock avec un reniflement railleur.

« Mais elle en pince manifestement pour lui.

– Il faut être deux pour un roman d'amour.

– Fiez-vous à une femme pour amener l'homme qu'elle aime à faire sa demande.

– Vous pourriez tout aussi bien vous attendre à ce qu'il commette un inceste avec sa mère », déclara avec fermeté le Dr Schneeglock.

« Poole! » mugit une fois de plus le Pr Craigie et, se tournant vers les autres : « Je n'aime pas qu'on traîne à l'arrière », dit-il d'un ton d'irritation. « Dans un pays qu'on ne connaît pas... On ne sait jamais. »

Il réitère ses appels.

La caméra retourne au Pr Poole et à Miss Hook. Ils entendent l'appel lointain, lèvent les yeux qu'ils tenaient fixés sur leur *Artemisia* tétraploïde, agitent les mains et se mettent en route pour rejoindre les autres. Tout à coup, le Pr Poole aperçoit quelque chose qui lui arrache une exclamation.

« Regardez! » Il allonge l'index.

« Qu'est-ce que c'est?

– Un *Echinocactus hexædrophorus* – et le spécimen le plus magnifique! »

Plan général à distance moyenne vu du point où il se trouve, d'un bungalow en ruine parmi des touffes de sauge. Puis, en premier plan, le cactus qui a poussé entre deux pavés près de la porte d'entrée. Retour au Pr Poole. Du fourreau de cuir qu'il a à sa ceinture, il tire une truelle longue, à lame étroite.

« Vous n'allez pas le déplanter? »

Pour toute réponse, il se dirige vers l'endroit où pousse le cactus et s'accroupit à côté.

« Le Pr Craigie sera furieux », proteste Miss Hook.

« Eh bien! alors, allez-y et calmez-le. »

Elle le regarde quelques secondes, avec une expression de sollicitude.

« Cela m'ennuie de vous laisser seul, Alfred.

– Vous parlez comme si j'avais cinq ans », répond-il avec agacement. « Allez-y, vous dis-je. »

Il se détourne et se met à creuser la terre.

Miss Hook n'obéit pas immédiatement, elle reste encore là quelques instants à le contempler en silence.

LE RÉCITANT

La tragédie est la farce qui touche notre sensibilité; la farce, la tragédie qui advient aux autres. Sportive et désinvolte, saine et efficiente, cet objet de satire du genre le plus facile est aussi le sujet d'un journal intime.Quels couchers de soleil flamboyants elle a vus et tenté vainement de décrire! Quelles nuits d'été, veloutées et voluptueuses! Quelles journées printanières d'une beauté indescriptible! Et puis – Ah! – ces torrents de sentiment, ces tentations, ces battements passionnés du cœur, ces déceptions humiliantes! Et maintenant, après toutes ces années, après tant de réunions de comités auxquelles elle a assisté, tant de conférences faites et de copies d'examen corrigées, maintenant enfin, voici que Dieu, opérant à Sa façon mystérieuse, l'a rendue responsable, elle le sent, de cet homme maladroit et malheureux. Et parce qu'il est malheureux et maladroit, elle l'aime – non pas d'une façon romanesque, naturellement, non pas comme elle a aimé ce vaurien aux cheveux bouclés qui, il y a quinze ans, lui a fait perdre la tête et a ensuite épousé la fille de ce riche entrepreneur, mais authentiquement, néanmoins, d'une tendresse vigoureuse et protectrice.

« Entendu, dit-elle enfin. Je pars. Mais promettez de ne pas rester longtemps.

– Évidemment que je ne resterai pas longtemps. »

Elle fait demi-tour et s'éloigne. Le Pr Poole la suit des yeux puis, avec un soupir de soulagement d'être enfin seul, il se remet à creuser la terre.

LE RÉCITANT

« Jamais », se répète-t-il à lui-même, « jamais! Quoi que puisse dire maman! » Car, bien qu'il respecte Miss Hook comme botaniste, qu'il compte sur elle comme organisatrice et l'admire comme une personne à l'esprit élevé, l'idée de ne constituer qu'une seule chair avec elle est aussi inconcevable qu'une violation de l'Impératif catégorique.

Tout à coup, derrière lui, trois hommes d'aspect patibulaire, noirs de barbe, sales et dépenaillés sortent sans aucun bruit des ruines de la maison, restent un instant en attente, puis s'élancent sur le botaniste sans défiance et, avant qu'il puisse seulement pousser un cri, lui introduisent de force un bâillon dans la bouche, lui lient les mains derrière le dos et l'entraînent au fond d'un ravin, hors de vue de ses compagnons.

Fondu enchaîné sur une vue panoramique de la Californie du Sud, prise d'une hauteur de quatre-vingts kilomètres dans la stratosphère. Tandis que la caméra plonge à la verticale, nous entendons la voix du Récitant.

LE RÉCITANT

La mer et ses nuages, les montagnes d'un or verdâtre.
Les vallées pleines d'une obscurité indigo,
L'aridité de plaines couleur de lion,
Les rivières de galets et de sable blanc.

Et au milieu de tout cela, la Cité des Anges.
Un demi-million de maisons,
Huit mille kilomètres de rues,
Quinze cent mille véhicules automobiles,
Et plus d'articles en caoutchouc qu'à Akron,
Plus de celluloïd que chez les Soviets,
Plus de Nylons qu'à New Rochelle,
Plus de soutiens-gorge qu'à Buffalo,
Plus de déodorants qu'à Denver,
Plus d'oranges qu'en nul autre lieu,
Avec des femmes plus grandes et meilleures,
La grande Gourgandinopolis [1] de l'Ouest.

Et maintenant nous ne sommes plus qu'à huit kilomètres d'altitude, et il devient de plus en plus manifeste que la grande Gourgandinopolis est une ville fantôme, que ce qui fut jadis la plus vaste oasis du monde est à présent sa plus grande agglomération de ruines sur un sol désertique. Rien ne bouge dans les rues. Des dunes de sable ont été poussées par le vent à travers le béton. Les avenues de palmiers et de poivriers n'ont pas laissé de traces.

La caméra plonge au-dessus d'un vaste cimetière rectangulaire, qui s'étend entre les tours en béton armé de Hollywood et celles de Wilshire Boulevard. Nous atterrissons, passons sous un portail voûté et voyons en *travelling* des belvédères mortuaires. Une pyramide en réduction. Une guérite gothique. Un sarcophage de marbre, surmonté de séraphins éplorés. La statue, plus que grandeur nature, de Hedda Boddy [2], « affectueusement connue ». Comme l'indique l'inscription sur le piédestal, « sous le nom de Chérie Numéro Un du Public. *Accroche ton chariot à une Étoile* [3] ». Nous accrochons, et avançons; et soudain, au milieu de toute cette désolation, voici un petit groupe d'êtres humains. Il y a quatre hommes,

1. Nous avons tenté de rendre par ce vocable facétieux l'original, non moins facétieux : *Metrollopis,* qui renferme un jeu de mots sur *Metropolis* (capitale) et *trollop* (gourgandine). *(N.d.T.)*

2. *Body,* en anglais, c'est le corps.

3. C'est une phrase célèbre d'Emerson. *(N.d.T)*

fortement barbus et sales plus qu'un peu, et deux jeunes femmes, tous s'activant avec des pelles à l'intérieur ou autour d'une tombe ouverte et tous vêtus de façon identique de chemises et de pantalons d'étoffe grossière en lambeaux. Par-dessus ces vêtements grossiers, chacun d'eux porte un petit tablier carré sur lequel est brodé, en laine écarlate, le mot NON. Outre les tabliers, les jeunes femmes portent une pièce ronde sur chaque sein et, par-derrière, une paire de pièces un peu plus grandes sur le fond de leur pantalon. Trois négations sans équivoque nous accueillent tandis qu'elles se rapprochent, deux de plus, à titre de flèches du Parthe, tandis qu'elles s'éloignent.

Surveillant les travailleurs du haut de la toiture d'un mausolée adjacent, est assis un homme d'environ quarante-cinq ans, grand, puissamment bâti, avec les yeux noirs et le nez aquilin d'un corsaire algérien. Une barbe noire bouclée souligne l'aspect humide et la rougeur de ses lèvres charnues. Sa tenue détonne assez bizarrement : il est vêtu d'un complet gris pâle taillé selon la mode du milieu du XXe siècle, un peu trop petit pour lui. Quand nous l'apercevons pour la première fois, il est occupé à se couper les ongles.

Cadrage sur les fossoyeurs. L'un d'entre eux, le plus jeune et le plus beau des hommes, lève les yeux de son travail de terrassement, jette un coup d'œil subreptice au surveillant sur le toit et, le voyant absorbé par ses ongles, dirige un regard d'une intense concupiscence sur la jeune femme potelée courbée sur sa pelle à côté de lui. Premier plan des deux pièces prohibitives : NON, et de nouveau : NON, qui deviennent de plus en plus grandes à mesure qu'il regarde plus ardemment. Arrondie déjà en forme de coupe pour le contact délicieusement imaginé, sa main s'allonge, cherchant, hésitant, puis d'un geste saccadé quand la conscience l'emporte sur la tentation, il la retire. Se mordant la lèvre, le jeune homme se détourne et, redoublant de zèle, se remet à creuser.

Tout à coup une pelle heurte quelque chose de dur. Il y a un cri de ravissement, un redoublement d'activité concertée. Au bout d'un instant, un magnifique cercueil d'acajou est hissé à fleur de sol.

« Défoncez-le.
– *O.K.*, chef. »
Nous entendons le grincement et le craquement du bois qu'on arrache.
« Homme ou femme?
– Homme.
– Épatant! sortez-le de là. »
Avec un « ho! hisse! » ils font basculer le cercueil et le cadavre roule sur le sable. Le plus âgé des fossoyeurs barbus s'agenouille à côté de lui et se met à le délester méthodiquement de sa montre et de ses bijoux.

LE RÉCITANT

Grâce au climat sec et à l'art de l'embaumeur, ce qui reste de l'Administrateur-Délégué de la Golden Rule Brewing Corporation [1] a l'air de n'avoir été inhumé que d'hier. Les joues sont encore roses du fard appliqué par le praticien des pompes funèbres pour l'exposition sur un lit de parade. Retenues par des points de suture en un sourire perpétuel, les commissures retroussées des lèvres donnent au visage rond comme une crêpe l'expression énigmatique et affolante d'une Madone de Beltraffio.

Soudain, le coup cinglant d'un fouet à chien s'abat en travers des épaules du fossoyeur accroupi. La caméra recule pour révéler le Chef menaçant, fouet en main, pareil à l'incarnation de la Vengeance divine, du haut de son Sinaï de marbre.
« Rends cette bague.
– Quelle bague? » bégaie l'homme.
En guise de réponse, le Chef administre deux ou trois coups cinglants supplémentaires, de son fouet à chien.
« Non, non, je vous en prie! Aïe! Je vais la rendre. Arrêtez! »

---

1. Société des Brasseries de la Règle d'Or. *(N.d.T.)*

Le coupable introduit deux doigts dans sa bouche et, après quelques tâtonnements, en extrait la splendide bague garnie d'un diamant que le brasseur défunt s'est achetée, quand les affaires marchaient si bien pendant la Seconde Guerre mondiale.

« Pose-la là avec les autres objets », ordonne le Chef et, tandis que l'homme obéit : « Vingt-cinq coups de fouet », reprend-il avec une joie sinistre, « voilà ce que tu recevras, toi, ce soir. »

Pleurnichant, l'homme demande humblement quelque indulgence, rien que pour cette fois. Attendu que c'est demain la Fête de Bélial... Et, après tout, il est vieux, il a travaillé fidèlement toute sa vie, il s'est élevé au rang de Surveillant-Adjoint...

Le Chef lui coupe la parole.

« Ici, c'est une Démocratie », dit-il. « Nous sommes tous égaux devant la loi. Et la loi dit que tout appartient au Prolétariat, – en d'autres termes, tout revient à l'État. Et quelle est la punition pour un vol commis au préjudice de l'État? » L'homme lève les yeux vers lui, saisi d'un tourment qui lui coupe la parole. « Quelle est la punition? » glapit le Chef, levant son fouet.

« Vingt-cinq coups de fouet », telle est la réponse quasi imperceptible.

« Bien. Donc, voilà l'affaire réglée, n'est-ce pas? Et maintenant, comment sont les vêtements? »

La plus jeune et la plus mince des deux jeunes femmes se baisse et tâte le veston croisé noir du cadavre.

« Jolie étoffe », dit-elle. « Et pas de taches. Il n'a pas coulé, ni rien.

– Je vais les essayer », dit le Chef.

Non sans difficulté, ils débarrassent le cadavre de son pantalon, de son veston et de sa chemise, puis ils le rejettent dans la tombe et lancent à coups de pelle la terre pour recouvrir le sous-vêtement d'une pièce dont il est enveloppé. Cependant, le Chef prend les vêtements, les flaire d'un air connaisseur, puis enlève le veston gris perle qui a jadis appartenu au Directeur de la Production de la Western-Shakespeare Pictures Incorporated et enfile ses bras dans les manches du vêtement plus sobre qui convient aux liqueurs maltées et à la Règle d'Or.

LE RÉCITANT

Mettez-vous à sa place. Peut-être ne le savez-vous pas, mais une carde complète, ou machine à carder, se compose d'un tambour de front, ou petit dévidoir, et de deux dévidoirs, avec les hérissons, les débourreurs, les cylindres nettoyeurs, les peignes d'abattage, etc., correspondants. Et si l'on n'a pas de machines à carder ni de métiers à tisser mécaniques, si l'on n'a pas de moteurs électriques pour les faire tourner, ni de dynamos pour produire l'électricité, ni de turbines pour faire marcher les dynamos, ni de charbon pour produire la vapeur, ni de hauts fourneaux pour faire de l'acier, ma foi, il faut alors manifestement que l'on compte, pour son drap fin, sur les cimetières de ceux qui ont jadis joui de ces avantages. Et aussi longtemps qu'a persisté la radioactivité, il n'y avait même pas de cimetières à exploiter. Durant trois générations, le reste sans cesse amenuisé de ceux qui ont survécu à la consommation du progrès technologique a mené une existence précaire dans le désert. C'est seulement au cours des trente dernières années qu'ils ont pu jouir, sans danger, des restes enfouis du *confort moderne*[1].

Premier plan du Chef, grotesque dans le veston emprunté à un homme qui avait les bras beaucoup plus courts et le ventre beaucoup plus gros que lui. Un bruit de pas qui s'approchent lui fait tourner la tête.

Plan général, vu du point où il se trouve, du Pr Poole, les mains liées derrière le dos, avançant péniblement dans le sable. Derrière lui marchent ses trois ravisseurs. Chaque fois qu'il trébuche ou ralentit le pas, ils le piquent

1. En français dans le texte.

par-derrière avec des feuilles de yucca acérées comme des aiguilles et rient bruyamment de le voir tressaillir.

Le Chef regarde approcher dans un silence stupéfait.

« Qu'est-ce donc, au nom de Bélial? » finit-il par marmotter.

Le petit groupe s'arrête au pied du mausolée. Les trois membres de l'escorte du Pr Poole s'inclinent devant le Chef, et font leur récit. Ils étaient à la pêche dans leur coracle au large de la plage de Redondo; ils avaient vu soudain un énorme navire étrange émerger de la brume; ils avaient immédiatement regagné le rivage à toutes rames, pour éviter d'être découverts. Des ruines d'une vieille maison, ils avaient observé le débarquement des étrangers. Ils étaient au nombre de treize. Puis cet homme s'en était venu errer avec une femme jusqu'au seuil même de leur cachette. La femme était repartie et, tandis que l'homme creusait la terre avec une pelle minuscule, ils avaient sauté sur lui par-derrière, l'avaient bâillonné, ligoté et l'avaient à présent amené là pour être interrogé.

Il y a un long silence, rompu enfin par le Chef.

« Parlez-vous anglais?

– Oui, je parle anglais », bégaie le Pr Poole.

« Bien. Détachez-le; hissez-le ici. »

Ils le hissent, avec si peu de cérémonie qu'il arrive à quatre pattes aux pieds du Chef.

« Êtes-vous prêtre?

– Prêtre? » répète le Pr Poole, surpris et inquiet. Il secoue négativement la tête.

« Alors, pourquoi n'avez-vous pas de barbe?

– Je... je me rase.

– Ah! alors vous n'êtes pas... » Le Chef passe un doigt sur le menton et la joue du Pr Poole. « Je vois, je vois. Relevez-vous. »

Le Pr Poole obéit.

« D'où venez-vous?

– De Nouvelle-Zélande, monsieur. »

Le Pr Poole s'efforce de déglutir, voudrait que sa bouche soit moins sèche, sa voix moins chevrotante de terreur.

« De Nouvelle-Zélande? C'est loin, ça?

– Très loin.

– Vous êtes venu dans un gros bateau? A voiles? »

Le Pr Poole hoche la tête affirmativement et, prenant l'attitude professorale qui est toujours son recours quand les contacts personnels menacent d'être trop difficiles, se met à expliquer pourquoi ils n'ont pas pu traverser le Pacifique à la vapeur.

« Il n'y aurait eu nulle part où faire le plein de combustible. Ce n'est que pour le cabotage que nos compagnies de navigation peuvent utiliser des bateaux à vapeur.

– Des bateaux à vapeur? » répète le Chef, le visage illuminé d'intérêt. « Vous avez toujours des bateaux à vapeur? Mais alors vous n'avez pas eu la Chose? »

Le Pr Poole a l'air déconcerté.

« Je ne comprends pas très bien », dit-il. « Quelle chose?

– *La* Chose. Vous savez – quand *Il* a pris le commandement. »

Portant les mains à son front, il fait signe des cornes, de ses deux index tendus. Pieusement, ses sujets l'imitent.

« Vous parlez du Diable? » dit le Pr Poole, d'un ton de doute. L'autre confirme d'un signe de tête.

« Mais, mais... heu, *franchement...* »

LE RÉCITANT

> Notre ami est un bon Congrégationaliste [1], mais hélas! de tendance libérale. Ce qui signifie qu'il n'a jamais accordé au Prince de ce monde ce qui lui est ontologiquement dû. Pour dire crûment la chose, il ne croit pas en Lui.

« Oui, Il a pris le pouvoir », explique le Chef. « Il a gagné la bataille et s'est emparé de tout le monde. Ça s'est produit quand on a fait ceci. »

---

1. Secte protestante d'Angleterre et des États-Unis.

D'un geste large en rond, il désigne la désolation qui fut jadis Los Angeles. L'expression du Pr Poole s'illumine de compréhension.

« Ah! je vois. Vous voulez dire la Troisième Guerre mondiale. Nous, nous avons eu de la chance; nous nous en sommes tirés sans une égratignure. Grâce à sa situation géographique particulière, ajoute-t-il d'un ton professoral, la Nouvelle-Zélande n'était d'aucune importance stratégique pour... »

Le Chef arrête net une conférence pleine de promesses.

« Alors, vous avez toujours des trains? » interroge-t-il.

« Oui, nous avons toujours des trains, répond le Pr Poole, avec un peu d'irritation. Mais, comme je le disais...

– Et les locomotives fonctionnent?

– Bien entendu, qu'elles fonctionnent. Comme je le disais... »

A sa profonde stupéfaction, le Chef lance un cri de joie retentissant et lui tape sur l'épaule.

« Alors, vous pourrez nous aider à tout remettre en marche. Comme au bon vieux temps d'avant... » Il fait le signe des cornes.

« Nous aurons des trains, des trains véritables. » Et, dans une extase de joie anticipée, il attire à lui le Pr Poole, lui passe un bras autour du cou et l'embrasse sur les deux joues.

Se reculant avec un embarras doublé de dégoût (car le grand homme se lave rarement et sent horriblement mauvais de la bouche), le Pr Poole se dégage.

– Mais je ne suis pas ingénieur, protesta-t-il, je suis botaniste.

– Qu'est-ce que c'est que ça?

– Un botaniste, c'est un homme qui s'y connaît en plantes.

– En plantes de guerre? » demande le Chef d'une voix chargée d'espoir.

« Non, non, simplement en plantes. En choses qui ont des feuilles, des tiges et des fleurs – sans oublier les cryptogames, bien entendu, ajouta-t-il vivement. Et à vrai dire, les cryptogames sont mes sujets d'étude favoris. La Nouvelle-Zélande, comme vous le savez probablement, est particulièrement riche en cryptogames...

– Mais les locomotives?

– Les locomotives? » répète le Pr Poole d'un ton méprisant. « Je vous dis que je ne connais pas la différence entre une turbine à vapeur et un moteur Diesel.

– Alors, vous êtes incapable de nous aider à remettre les trains en marche?

– Absolument incapable. »

Sans dire un mot, le Chef lève la jambe droite, place son pied au creux de l'estomac du Pr Poole, puis brusquement détend le genou ployé.

Gros plan du Pr Poole qui se relève, tout ébranlé et meurtri, mais sans fracture, du tas de sable sur lequel il est tombé. Au cours de ce plan, on entend le Chef qui hèle ses subordonnés.

Plan moyen : des fossoyeurs et des pêcheurs, qui accourent en réponse à l'appel.

Le Chef pointe le doigt vers Pr Poole.

« Enterrez-le.

– Mort ou vif? » demande la plus potelée des deux jeunes femmes, de sa chaude voix de contralto.

Le Chef abaisse les yeux sur elle. Plan moyen vu du point où il se trouve. Il se détourne avec effort. Ses lèvres remuent. Il répète le passage approprié du petit catéchisme : « Quelle est la nature de la femme? Réponse : la Femme est le vase de l'Esprit d'Impiété, la source de toute difformité, l'ennemie de la race, la... »

« Mort ou vif? » répète la femme potelée.

Le Chef hausse les épaules.

« Comme tu voudras », répond-il avec une indifférence étudiée.

La femme potelée bat des mains.

« Chic, chic! » s'écrie-t-elle, et elle se tourne vers ses compagnons. « Allons-y, les gars! On va s'amuser! »

Ils entourent le Pr Poole, le soulèvent du sol, tout hurlant, et le laissent tomber les pieds les premiers dans la tombe à demi comblée de l'Administrateur-Délégué de la

Golden Rule Brewing Corporation. Tandis que la jeune femme potelée le maintient, les hommes remettent en place, à coups de pelle, la terre sèche. Au bout d'un temps très court, il est enfoui jusqu'à la taille.

Sur la bande son, les hurlements de la victime et le rire surexcité des bourreaux décroissent jusqu'à un silence qui est rompu par la voix du Récitant.

LE RÉCITANT

La cruauté et la compassion viennent avec les chromosomes;
Tous les hommes sont miséricordieux, et tous sont des assassins.
Tout en étant fous de leurs chiens, ils construisent leurs Dachaus,
Incendient des villes entières et câlinent les orphelins;
Protestent bruyamment contre le lynchage, mais approuvent vigoureusement Oakridge [1];
Ils sont pleins de philanthropie pour l'avenir, mais aujourd'hui c'est le N.K.V.D.
Qui persécuterons-nous, pour qui éprouverons-nous de la pitié?
Tout cela, c'est l'affaire des mœurs du moment,
De mots sur de la pâte de bois, de radios rugissantes,
De jardins d'enfants communistes ou de premières communions.
C'est seulement dans la connaissance de sa propre Essence
Que l'homme cesse d'être une multitude de singes.

Les rires et les appels à la clémence reviennent sur la bande son. Puis, soudain, l'on entend le Chef.

« Écartez-vous », crie-t-il, « je ne vois rien. »

---

1. C'est une usine atomique, située dans le Tennessee. *(N.d.T.)*

Ils obéissent. En silence, le Chef abaisse les yeux sur le Pr Poole.

« Vous connaissez tout ce qui a trait aux plantes », dit-il enfin. « Pourquoi ne poussez-vous pas quelques racines, là, dans votre trou? »

Cette saillie est accueillie par d'énormes éclats de rire.

« Pourquoi ne pas vous épanouir en jolies petites fleurs roses? »

On nous fait voir un gros plan du visage angoissé du botaniste.

« Pitié, pitié... »

La voix se brise, grotesquement; il y a un nouvel accès d'hilarité.

« Je pourrais vous être utile. Je pourrais vous montrer comment on obtient de meilleures récoltes. Vous auriez plus de nourriture.

– Plus de nourriture? » répète le Chef, pris d'un intérêt soudain. Puis il fronce les sourcils d'un air féroce. « Vous mentez!

– Je ne mens pas. Je le jure, par Dieu Tout-Puissant. »

Il y a un murmure de protestations indignées.

« Il se peut qu'il soit tout-puissant en Nouvelle-Zélande », dit le Chef. « Mais ici, non, – pas depuis que s'est produite la Chose.

– Mais je sais que je peux vous aider.

– Êtes-vous prêt à jurer par Bélial? »

Le père du Pr Poole était pasteur et lui-même va régulièrement à l'église; mais c'est avec une ferveur profondément ressentie qu'il fait ce qu'on exige de lui.

« Par Bélial. Je le jure, par Bélial Tout-Puissant. »

Chacun fait le signe des cornes. Il y a un long silence.

« Déterrez-le.

– Oh! Chef », proteste la jeune femme potelée. « Ce n'est pas juste!

– Veux-tu bien le déterrer, espèce de vase d'Impiété! »

Le ton de sa voix emporte immédiatement la conviction; ils creusent la terre si fièvreusement qu'en moins d'une minute le Pr Poole est hors de sa tombe et se tient debout quelque peu chancelant au pied du mausolée.

« Merci », parvient-il à dire; puis ses genoux cèdent et il s'effrondre. Il y a un chœur de rires amusés et condescendants.

Sur son perchoir de marbre, le Chef se penche. « Tiens, toi, là, le vase à tête rousse! » Il tend à la jeune femme une bouteille.

« Fais-lui boire de ça », ordonne-t-il. « Il faut qu'il puisse marcher. Nous allons rentrer au quartier général. »

Elle s'assied à côté du Pr Poole, soulève son corps flasque, cale sa tête oscillante entre les interdictions qu'elle porte sur la poitrine et lui administre le cordial.

Fondu enchaîné sur une rue. Quatre des hommes barbus portent le Chef dans une litière. Les autres suivent en ordre dispersé, avançant lentement dans le sable accumulé par le vent. Çà et là, sous le porche de postes d'essence en ruine, dans les entrées béantes d'immeubles de bureaux, gisent des tas d'ossements humains.

Plan moyen rapproché du Pr Poole. Tenant toujours la bouteille dans sa main droite, il marche d'un pas légèrement chancelant, se chantant à lui-même *Annie Laurie* [1], avec une profonde intensité de sentiment. Bu sur un estomac vide – et en plus l'estomac vide d'un homme dont la mère a toujours manifesté de l'objection de conscience à l'égard de l'alcool –, le vin rouge et capiteux a produit promptement son effet.

And for bonny Annie Laurie
I'd lay me doo and dee [2]...

---

1. C'est une chanson populaire écossaise. *(N.d.T.)*
2. Et pour la jolie Annie Laurie, je serais prêt à m'étendre sur le sol et à mourir. *(N.d.T.)*

Au milieu de la phrase finale, les deux fossoyeurs pénètrent dans le champ de l'objectif. S'approchant du chanteur par-derrière, la potelée lui donne une tape amicale dans le dos. Le Pr Poole sursaute, se retourne, l'air soudain craintif. Mais le sourire de la jeune femme est rassurant.

« Je m'appelle Flossie », dit-elle. « Et j'espère que vous n'êtes pas fâché que j'aie voulu vous enterrer?

– Oh! non, non, pas le moins du monde », lui assure le Pr Poole, du ton de quelqu'un qui dit qu'il ne voit pas d'inconvénient à ce que la jeune personne allume une cigarette.

« Ce n'est pas que j'aie eu quelque chose contre vous », lui assure Flossie.

« Non, bien sûr.

– J'avais envie de m'amuser, voilà tout.

– Mais oui, parfaitement.

– Les gens ont l'air follement drôles quand on les enterre.

– Follement », acquiesce le Pr Poole, qui parvient à émettre un petit rire nerveux.

Sentant le besoin de se donner du courage, il se fortifie en buvant une autre lampée à la bouteille.

« Eh bien, à tout à l'heure », dit la femme potelée. « Il faut que j'aille parler au Chef des manches de son nouveau veston que je dois rallonger. »

Elle lui donne encore une tape dans le dos et part précipitamment.

Le Pr Poole reste seul avec sa compagne. Il la regarde à la dérobée. Elle a dix-huit ans; elle a les cheveux roux et des fossettes, un visage charmant et un corps gracile d'adolescente.

« Mon nom est Loola », dit-elle spontanément. « Et le vôtre?

– Alfred », répond le Pr Poole. « Ma mère était une grande admiratrice d'*In Memoriam* [1] », ajoute-t-il en guise d'explication.

---

1. C'est un poème célèbre de Tennyson, dont le prénom était Alfred. *(N.d.T.)*

« Alfred », répète la jeune femme rousse. « Je vous appellerai Alfie. Je vais vous dire une chose, Alfie : ces enterrements publics, ça ne me plaît pas, au fond. Je ne sais pas pourquoi je serais différente des autres, mais ils ne me font pas rire. Moi, je n'y vois rien de drôle.

– Je suis heureux de l'apprendre », dit le Pr Poole.

« Vous savez, Alfie », reprend-elle, après un petit silence, « vous avez vraiment de la chance.

– De la chance? »

Loola cnfirme d'un signe de tête.

« Tout d'abord, on vous déterre – et ça, je ne l'ai encore jamais vu faire, – et maintenant vous arrivez juste à temps pour les Cérémonies de la Purification?

– Les Cérémonies de la Purification?

– Oui, c'est la fête de Bélial, demain, – la Fête de Bélial », insiste-t-elle devant l'incompréhension que reflète le visage de l'autre. « Ne me dites pas que vous ne savez pas ce qui se passe la Veille de Bélial? »

Le Pr Poole secoue la tête.

« Mais quand faites-vous votre Purification, vous?

– Ma foi, nous prenons un bain tous les jours », dit le Pr Poole, à qui il vient d'être rappelé une fois de plus que Loola, bien certainement, n'en fait rien.

« Non, non », dit-elle avec impatience. « Je veux dire : la Purification de la Race.

– De la race?

– Juste Enfer! Vos prêtres ne permettent pas que les enfants difformes continuent à vivre, dites? »

Il y a un silence; puis le Pr Poole réplique à son tour par une question.

« Naît-il beaucoup de bébés difformes, ici? »

Elle fait un signe de tête affirmatif.

« Depuis la Chose, – depuis qu'Il a pris le commandement. » Elle fait signe des cornes. « Il paraît qu'avant cela il n'y en avait pas.

– Quelqu'un vous a-t-il jamais parlé de l'effet des rayons gamma?

– Des rayons gamma? Qu'est-ce que c'est qu'un rayon gamma?

– C'est la raison pour laquelle il y a tous ces enfants difformes.

– Vous n'essayez pas d'insinuer que ce n'est pas Bélial, hein? » Le ton de sa voix est celui du soupçon indigné; elle le regarde de l'air dont saint Dominique aurait dévisagé un hérétique albigeois.

« Non, non, bien sûr que non », se hâte de lui assurer le Pr Poole. « Il est, Lui, la cause première, – cela va sans dire. » D'une façon gauche et inexperte, il fait le signe des cornes. « Je mentionnais simplement la nature des causes secondes, – des moyens dont Il se sert pour exécuter Son... Son dessein providentiel, si vous voyez ce que je veux dire. »

Ses paroles et, mieux encore, son geste pieux dissipent les soupçons de Loola. Le visage de celle-ci s'éclaire; elle lui adresse son sourire le plus charmant. Les fossettes de ses joues se mettent à vivre comme une paire de petits êtres adorables, menant capricieusement une existence secrète et autonome, indépendamment du reste du visage de Loola. Le Pr Poole lui sourit en retour, mais se détourne presque aussitôt, rougissant jusqu'à la racine des cheveux.

LE RÉCITANT

A cause de l'énormité de son respect pour sa mère, notre pauvre ami ici présent est encore, à trente-huit ans, célibataire. Trop plein d'une piété dénaturée pour se marier, il a passé la moitié d'une existence humaine à arder subrepticement. Ayant la sensation que ce serait un sacrilège de demander à une jeune femme vertueuse et bien élevée de partager son lit, il habite, sous une carapace de respectabilité académique, un monde brûlant et furtif, où les imaginations érotiques engendrent un repentir torturant et où les désirs de l'adolescence sont à jamais en lutte avec les préceptes maternels. Et voici maintenant Loola, – sans la moindre prétention à l'instruction ou à la bonne éducation, – Loola *au naturel* [1] avec un relent musqué qui, à la réflexion, a quelque chose de vraiment assez séduisant. Qu'y a-t-il d'étonnant à ce qu'il rougisse et (malgré lui, car il désire ardemment continuer à la regarder) détourne les yeux?

En guise de consolation et dans l'espoir qu'il lui en viendra de l'audace, il a de nouveau recours à la bouteille. Soudain, le boulevard se rétrécit pour n'être plus qu'un simple sentier pour piétons, entre deux dunes de sable.

« Après vous », dit le Pr Poole, s'inclinant poliment.

Elle sourit en reconnaissance d'une courtoisie à laquelle, en ce lieu où les hommes ont la priorité et où les vases de l'Esprit d'Impiété passent derrière, elle est totalement inaccoutumée.

Vu, en *travelling,* depuis l'emplacement où est le Pr Poole, du dos de Loola. NON, NON, – NON, NON, – NON, NON, – un pas après l'autre, en une alternance ondulante. Premier plan du Pr Poole, les yeux écarquillés, puis la caméra va encore une fois du visage du Pr Poole au dos de Loola.

LE RÉCITANT

C'est l'emblème extérieur, visible, tangible, de sa conscience profonde. Les principes en lutte avec la concupiscence, sa mère et le Septième Commandemant surimposés à ses imaginations et aux faits de la Vie.

Les dunes prennent fin. La route redevient assez large pour qu'on puisse y marcher à deux de front. Le Pr Poole glisse un coup d'œil au visage de sa compagne et le voit assombri d'une expression de mélancolie.

---

1. En français dans le texte.

« Qu'y a-t-il? » demande-t-il avec sollicitude, et, follement audacieux, il ajoute « Loola » et pose la main sur son bras.

« C'est terrible », dit-elle d'un ton de calme désespoir.

« Qu'est-ce qui est terrible?

– Tout. On ne veut pas penser à ces choses-là; mais on est un des malchanceux, on ne peut pas s'empêcher d'y songer. Et on en devient presque fou. A force de penser sans arrêt à quelqu'un, et de désirer, désirer. Et on sait qu'on ne doit pas. Et on est mortellement effrayé de ce qu'ils pourraient faire s'ils le découvraient. Mais on donnerait tout au monde pour cinq petites minutes, pour être libre pendant cinq minutes. Mais non, non, non. Et on serre les poings et on se contient, – et c'est comme si on se suppliciait. Et puis soudain, après toutes ces souffrances, soudain... » Elle s'arrête court.

« Soudain, quoi? » interroge le Pr Poole.

Elle darde sur lui un coup d'œil pénétrant, mais ne voit sur son visage qu'une expression d'incompréhension interrogative et vraiment sincère.

« Je n'arrive pas à vous comprendre », dit-elle enfin. « Est-ce vrai, ce que vous avez dit au Chef? Vous savez bien, que vous n'êtes pas prêtre? »

Elle rougit tout à coup.

« Si vous ne me croyez pas », dit le Pr Poole avec une bravoure engendrée par le vin, « je suis prêt à le prouver. »

Elle le regarde un instant, puis secoue la tête et, comme saisie d'une sorte de terreur, se détourne. D'un geste nerveux, elle lisse son tablier.

« En attendant », insiste-t-il, enhardi par la timidité toute neuve de Loola, « vous ne m'avez pas dit ce qui se produit subitement. »

Loola lance un regard circulaire pour s'assurer que personne n'est à portée de voix, puis elle parle enfin, presque en un murmure.

« Soudain il prend possession de tout le monde. Pendant des semaines, il les oblige à penser à ces choses-là, – et c'est contraire à la Loi, c'est mal. Les hommes deviennent comme fous furieux, ils se mettent à vous frapper et à vous traiter de vase, comme les prêtres.

– De vase? »

Elle confirme d'un signe de tête.

« De vase de l'Esprit d'Impiété.

– Oh! je vois.

– Et alors arrive la Fête de Bélial », reprend-elle après un petit silence. « Et alors... ma foi, vous savez ce que cela signifie. Et ensuite, si on a un bébé, il y a des chances qu'Il vous punisse pour ce qu'Il vous a contrainte à faire. » Elle frissonne, puis esquisse le signe des cornes. « Je sais qu'il nous faut accepter Sa volonté », ajoute-t-elle. « Mais, – ah! comme j'espère, si jamais j'ai des bébés, qu'ils seront bien conformés!

– Mais bien sûr qu'ils seront bien conformés! » s'écrie le Pr Poole. « Après tout, il n'y a rien de défectueux, chez *vous*. »

Ravi de sa propre audace, il la regarde.

Premier plan vu de son côté à lui. NON NON NON, NON NON NON...

Tristement, Loola hoche la tête.

« Voilà où vous vous trompez », dit-elle. « J'ai une paire de mamelons supplémentaires.

– Oh! » dit le Pr Poole, d'un ton qui nous fait comprendre que la pensée de sa mère a momentanément dissipé les effets du vin rouge.

« Ce n'est pas qu'il y ait du mal à ça », ajoute bien vite Loola. « Même les gens les plus chic en ont. C'est parfaitement légal. On vous permet d'en avoir jusqu'à trois paires. Et sept doigts aux pieds et aux mains. Tout ce qui dépasse ces chiffres-là est liquidé lors de la Purification. Mon amie Polly – elle a eu un bébé, cette saison. Son premier. Et il en a quatre paires, et pas de pouces. Il n'a pas l'ombre d'une chance. En fait, il a déjà été condamné. Elle a eu la tête rasée.

– Elle a eu la tête rasée?

– Ils font ça à toutes les femmes dont les bébés son liquidés.

– Mais pourquoi? »

Loola haussa les épaules.

« Simplement pour leur rappeler que c'est Lui l'Ennemi. »

LE RÉCITANT

« Pour présenter la chose », comme l'a dit Schrödinger d'une façon énergique, encore que peut-être un peu naïve, « la nocivité d'un mariage entre cousins germains pourrait fort bien être accrue par le fait que leur grand-mère a été pendant une longue période infirmière dans un service de rayons X. Ce n'est pas là un point qui doive inquiéter chaque individu en particulier. Mais toute possibilité de contaminer peu à peu la race humaine avec des mutations latentes indésirables est une chose dont la communauté devrait se préoccuper. » Elle le devrait, mais, il est superflu de le dire, elle n'en fait rien. Oakridge tourne avec trois équipes par jour; une centrale atomique est en cours d'installation sur la côte du Cumberland et, de l'autre côté de la barricade, Dieu seul sait ce que manigance Kapitza sur le sommet du Mont Ararat, quelles surprises cette merveilleuse Ame russe, au sujet de laquelle Dostoïevski a écrit jadis si lyriquement, tient en réserve pour les corps russes et les carcasses des Capitalistes et des Sociaux-Démocrates.

De nouveau, la route est barrée par le sable. Ils entrent dans un autre sentier tortueux entre les dunes et se trouvent soudain seuls, comme s'ils étaient au milieu du Sahara.

Vue en *travelling* depuis l'emplacement du Pr Poole. NON NON, NON NON... Loola s'arrête et se retourne vers lui. NON NON NON... La caméra remonte jusqu'au visage de Loola et il s'aperçoit tout à coup que l'expression en est tragique.

LE RÉCITANT

Le Septième Commandement, les Faits de la Vie. Mais il y a aussi un autre Fait, auquel on ne peut réagir par une simple négation imposée par la gouvernement ni par un déploiement non moins fragmentaire de concupiscence, – le Fait de la Personnalité.

« Je ne veux pas qu'on me coupe les cheveux », dit-elle d'une voix prête à se briser.

« Mais on ne vous les coupera pas.

– Si.

– On ne peut pas vous les couper, il ne le faut pas. » Puis, stupéfait de sa propre audace, il ajoute : « Ils sont beaucoup trop beaux. »

Toujours tragique, Loola hoche la tête.

« J'en ai le pressentiment », dit-elle. « Je suis sûre qu'il aura plus de sept doigts. On le tuera, on me coupera les cheveux, on me fouettera, – et c'est Lui qui nous *oblige* à faire ces choses-là.

– Quelles choses? »

Elle le regarde un instant sans rien dire, puis, avec une expression qui est presque celle de la terreur, baisse les yeux.

« C'est parce qu'Il *veut* que nous soyons malheureux. »

Se voilant le visage de ses mains, elle se met à sangloter incoerciblement.

LE RÉCITANT

Le vin au-dedans et, au-dehors, le rappel musqué
De ces Faits de la Vie, si proches, si tièdes, si ronds,
Quasiment à croquer... Et à présent ses larmes, ses larmes...

Le Pr Poole prend la jeune fille dans ses bras et, tandis qu'elle sanglote contre son épaule, lui caresse les cheveux avec toute la tendresse du mâle normal qu'il est momentanément devenu.

« Ne pleurez pas », murmure-t-il, « ne pleurez pas. Tout ira bien. Je serai toujours là. Je ne permettrai pas qu'on vous fasse quoi que se soit. »

Elle se laisse consoler peu à peu. Les sanglots deviennent moins violents et finissent par cesser complètement. Elle lève les yeux, et le sourire dont elle le gratifie au travers de ses larmes est si nettement amoureux que tout autre que le Pr Poole aurait accepté l'invitation séance tenante. Les secondes s'écoulent et, tandis qu'il hésite encore, l'expression de Loola change, elle baisse les paupières sur un aveu qu'elle sent tout à coup avoir été trop franc et se détourne.

« Excusez-moi », murmure-t-elle, et elle se met à essuyer ses larmes avec le dos d'une main qui est d'une propreté aussi douteuse que celle d'un enfant.

Le Pr Poole tire son mouchoir et lui tamponne tendrement les yeux.

« Comme vous êtes gentil », dit-elle. « Vous ne ressemblez pas du tout aux hommes d'ici. »

Elle lui sourit de nouveau. Pareilles à une paire de petits animaux sauvages et ravissants émergeant d'une cachette, voilà les fossettes qui apparaissent.

D'une façon tellement impulsive qu'il n'a pas le temps d'être surpris de ce qu'il fait, le Pr Poole prend le visage de Loola entre ses mains et la baise sur la bouche.

Loola résiste un instant, puis s'abandonne dans une reddition si complète qu'elle est plus active que l'assaut du Pr Poole.

Sur la piste sonore, « Donne-moi la détumescence » devient par une série de modulations le *Liebestod*[1] de *Tristan*.

---

1. Littéralement « la mort de l'amour », premier mot de l'air célèbre sur lequel se termine l'opéra *Tristan und Isolde* (1865), du musicien allemand Richard Wagner (1813-1883), chanté par Isolde.

Tout à coup Loola se fige dans une rigidité frissonnante. Le repoussant, elle lève les yeux et le dévisage d'un air farouche; puis elle se retourne et jette un regard par-dessus son épaule avec une expression de culpabilité terrifiée.

« Loola! »

Il essaie de l'attirer de nouveau à lui, mais elle s'arrache à son étreinte et se met à courir le long de l'étroit sentier.

NON NON, NON NON, NON NON...

Fondu enchaîné sur l'angle de la Cinquième Rue et de Pershing Square. Comme jadis, ce square est l'axe et le centre de la vie culturelle de la ville. D'un puits peu profond devant le Philharmonic Auditorium, deux femmes tirent de l'eau dans une outre en peau de chèvre et la versent dans des jarres en terre que d'autres femmes emportent. A une barre fixée entre deux montants de réverbères rouillés est suspendue la carcasse d'un bœuf fraîchement abattu. Entouré d'un nuage de mouches, un homme armé d'un couteau en extrait les entrailles.

« Voilà qui a l'air bon », dit le Chef d'un ton jovial. Le boucher sourit et, de ses doigts rougis de sang, fait le signe des cornes.

A quelques mètres de là sont les fours communaux. Le Chef ordonne à ses porteurs de faire halte et accepte aimablement un morceau du pain tout chaud. Tandis qu'il mange, dix ou douze petits garçons entrent dans la rue, chancelant sous des charges excessives de combustible provenant de la Bibliothèque publique voisine. Ils jettent leurs fardeaux à terre et, stimulés par les coups et les jurons de leurs aînés, se dépêchent d'aller en chercher d'autres. Un des boulangers ouvre la porte d'un foyer et se met à pelleter les livres dans les flammes.

Tout l'homme cultivé qui est au cœur du Pr Poole, tout le bibliophile est révolté par ce spectacle.

« Mais c'est épouvantable! » proteste-t-il.

Le Chef se contente de rire.

« On enfourne la *Phénoménologie de l'Esprit,* on

défourne du pain. Et il est diantrement bon, le pain. »
Il y mord à nouveau.

Pendant ce temps le Pr Poole s'est baissé et, du bord même de la destruction, il a arraché pour le mettre en sécurité un charmant petit Shelley in-douze.

« Vive D... », commence-t-il, mais il se souvient heureusement du lieu où il se trouve et parvient à s'arrêter à temps.

Il glisse le volume dans sa poche et, se tournant vers le Chef : « Mais la culture? demande-t-il. Mais l'héritage social de la sagesse péniblement acquise par l'humanité? Mais le meilleur de ce qu'on a pensé et...?

– Ils ne savent pas lire, répond le Chef, la bouche pleine. Non, pourtant, ce n'est pas tout à fait exact. A tous nous apprenons à lire ça. »

Il allonge le doigt. Plan moyen, depuis l'emplacement où il se trouve, de Loola, – de Loola avec ses fossettes et tout le reste, mais aussi avec le grand NON rouge sur son tablier, les deux NON plus petits sur le devant de sa chemise.

« C'est là tout le savoir livresque dont ils ont besoin. Et maintenant », ordonne-t-il à ses porteurs, « en avant! »

Travelling de la litière à qui l'on fait franchir l'entrée démunie de porte de ce qui fut jadis le Café Biltmore. Là, dans la pénombre malodorante, vingt ou trente femmes, les unes d'un certain âge, d'autres jeunes, quelques-unes simplement adolescentes, s'activent à tisser sur des métiers primitifs du genre utilisé par les Indiens de l'Amérique centrale.

« Aucun de ces vases n'a eu de bébé, cette saison », explique le Chef au Pr Poole. Il fronce les sourcils et hoche la tête. « Quand elles ne produisent pas de monstres, elles sont stériles. Comment allons-nous faire pour nous procurer de la main-d'œuvre, Bélial seul le sait... »

Ils pénètrent plus avant dans le Café, passent devant un groupe d'enfants de trois et quatre ans sous la surveillance d'un vase âgé au palais fendu et aux mains munies de quatorze doigts, et s'arrêtent sous une arche qui donne accès à une salle à manger dont les dimensions ne sont que légèrement inférieures à celles de la première.

Pendant la séquence, nous entendons le bruit d'un chœur de voix juvéniles récitant à l'unisson les phrases du début du petit cathéchisme.

« QUESTION : Quelle est la fin principale de l'Homme?

RÉPONSE : La fin principale de l'Homme, c'est de se concilier Bélial, de chercher à détourner son hostilité et d'éviter la destruction aussi longtemps que possible. »

Premier plan du visage du Pr Poole, sur lequel on voit une expression de stupéfaction mêlée d'une horreur croissante. Puis un long plan général, pris de l'endroit où il se trouve. En cinq rangées de douze, soixante garçons et filles de treize à quinze ans se tiennent rigidement au garde-à-vous, bredouillant aussi vite qu'ils le peuvent sur un ton de mélopée perçante et dure. En face d'eux, sur une estrade, est assis un homme petit et gros, vêtu d'une longue tunique en peaux de chèvre noires et blanches, et coiffé d'un bonnet de fourrure avec un liseré de cuir rigide auquel sont attachées deux cornes de dimension moyenne. Imberbe et olivâtre, son visage luit sous une transpiration abondante qu'il essuie continuellement avec la manche velue de sa soutane.

Cadrage sur le Chef, au moment où il se penche pour toucher l'épaule le Pr Poole.

« Vous voyez là, murmure-t-il, notre principal Praticien en Science satanique. Croyez-moi, il est absolument épatant en Magnétisme animal malfaisant. »

Pendant la séquence, nous entendons en fond sonore le bredouillement machinal des enfants.

QUESTION : « A quel sort l'Homme est-il prédestiné? »

RÉPONSE : « Bélial a, de par son simple bon plaisir, et de toute éternité, voué tous ceux qui sont actuellement en vie à la perdition éternelle. »

« Pourquoi porte-t-il des cornes? » demande le Pr Poole.

« Il est Archimandrite », explique le Chef. « Il ne tardera pas à obtenir sa troisième corne. »

Cadrage sur un plan moyen de l'estrade.

« Excellent », dit le Praticien en Science satanique, d'une voix de fausset analogue à celle d'un garçonnet extraordinairement poseur et satisfait de lui-même. « Excellent ! » Il s'essuie le front. « Et maintenant, dites-moi pourquoi vous méritez la perdition éternelle. »

Il y a un instant de silence. Puis, en un chœur qui débute assez irrégulièrement mais s'enfle bientôt jusqu'à une bruyante unanimité, les enfants répondent :

« Bélial nous a pervertis et corrompus dans toutes les parties de notre être. C'est pourquoi, simplement en raison de cette corruption, nous sommes à bon droit condamnés par Bélial. »

Leur professeur hoche la tête d'un air approbateur.

« Telle, piaille-t-il d'une voix onctueuse, est l'insondable justice du Seigneur des Mouches.

– *Amen »,* répondent, en psalmodiant, les enfants.

Tous font le signe des cornes.

« Et que savez-vous de votre devoir envers votre prochain ?

– Mon devoir envers mon prochain », répond le chœur, « est de m'efforcer de l'empêcher de me faire ce que je voudrais lui faire ; de me soumettre à tous mes dirigeants ; de garder mon corps dans la chasteté absolue, sauf pendant les deux semaines qui suivent la Fête de Bélial, et de faire mon devoir dans le rang social auquel il a plu à Bélial de me condamner.

– Qu'est-ce que l'Église ?

– L'Église est le Corps dont Bélial est la Tête et tous les possédés sont les membres.

– Très bien », dit le Praticien, s'essuyant une fois de plus le visage. « Et maintenant, il me faut un jeune vase. »

Il parcourt des yeux les rangs de ses élèves, puis il allonge un doigt.

« Vous, là. La troisième, à partir de la gauche, au second rang... Le vase aux cheveux blonds. Venez ici. »

Retour de la caméra au groupe autour de la litière.

Les porteurs ont le visage épanoui de joie anticipée et –

paraissant intensément rouges, humides et charnues au milieu des boucles noires de la moustache et de la barbe – les lèvres épaisses du Chef s'infléchissent elles-mêmes en un sourire. Mais il n'y a pas de sourire sur le visage de Loola. Pâle, la main sur la bouche, les yeux fixes et écarquillés, elle observe ce qui se passe, avec l'horreur de quelqu'un qui a subi lui-même ce genre d'épreuve. Le Pr Poole lui lance un coup d'œil, après quoi son regard revient à la victime, que nous voyons à présent comme lui s'avançant lentement vers l'estrade.

« Ici », piaille d'un ton d'autorité la voix presque infantile. « Debout à côté de moi. Et maintenant, face à la classe. »

L'élève obéit.

Plan moyen rapproché d'une grande et svelte jeune fille de quinze ans au visage de madone nordique : NON, proclame le tablier attaché à la ceinture de son pantalon corsaire déguenillé : NON, NON, déclarent les pièces posées sur ses seins naissants.

Le Praticien la désigne d'un doigt accusateur.

« Regardez cela », dit-il, fronçant le visage en une grimace de dégoût. « Avez-vous jamais rien vu d'aussi révoltant ? »

Il se tourne vers la classe.

« Garçons, piaille-t-il, ceux d'entre vous qui sentent un Magnétisme animal malfaisant s'échapper de ce vase, levez la main. »

Plan général de la classe. Sans exception, tous les garçons lèvent la main. Leur visage est empreint de cette expression d'amusement libidineux et malveillant que les orthodoxes ont toujours eue quand leurs pasteurs spirituels tourmentent les boucs émissaires héréditaires ou punissent encore plus sévèrement les hérétiques qui menacent les intérêts de l'Institution.

Nouveau cadrage sur le Praticien. Il sourit hypocritement et hoche la tête.

« C'est bien ce que je craignais », dit-il. Puis il se tourne vers la jeune fille auprès de lui sur l'estrade. « Et maintenant expliquez-moi », dit-il, « quelle est la nature de la Femme ?

– La nature de la Femme? » répète la jeune fille d'une voix mal assurée.

« Oui, la nature de la Femme. Dépêchez-vous! »

Elle lui lance un regard de ses yeux bleus empreints d'une expression de terreur, puis se détourne. Son visage devient d'une pâleur de mort. Ses lèvres se mettent à trembler; elle déglutit péniblement.

« La femme », commence-t-elle, « la femme... »

Sa voix se brise, ses yeux débordent de larmes; dans un effort désespéré pour se maîtriser, elle serre les poings et se mord la lèvre.

« Continuez! » crie le Praticien d'une voix suraiguë. Et, ramassant à terre une badine de saule, il en donne un coup cinglant sur les mollets nus de la jeune fille. « Continuez!

– La femme », recommence la jeune fille, « est le vase de l'Esprit d'Impiété, la source de toute difformité, le... le... Aïe! »

Elle tressaille de douleur sous un nouveau coup.

Le Praticien en Science se met à rire et toute la classe en fait autant.

« L'ennemie... » souffle-t-il.

« Ah! oui..., l'ennemie de la race, punie par Bélial et attirant le châtiment sur tous ceux qui succombent à Bélial en elle. »

Il y a un long silence.

« Voilà », dit enfin le Praticien, « voilà ce que vous êtes, vous. Voilà ce que sont tous les vases. Et maintenant, allez-vous-en, partez! » piaille-t-il, et, pris d'une fureur soudaine, il la frappe à coups redoublés.

Pleurant de douleur, la jeune fille saute à bas de l'estrade et court reprendre sa place dans les rangs.

Retour au Chef. Il a le front plissé dans une grimace de déplaisir.

« Toute cette éducation ultra-moderne! » dit-il au Pr Poole. « Pas de discipline convenable. Je ne sais pas où nous allons! Ah! quand j'étais gosse, notre vieux Praticien les attachait sur un banc et se mettait à l'œuvre avec une verge de bouleau. " Voilà pour vous apprendre à être un vase ! " disait-il, – et puis dzing, dzing, dzing ! Bélial, comme elles hurlaient ! Voilà ce que j'appelle de l'éducation, moi... Bon, j'en ai assez de celle-là », ajoute-t-il. « En avant, et au trot ! »

Tandis que la litière sort du plan, la caméra se fixe sur Loola, qui reste là, le cœur serré de compassion, à regarder le visage mouillé de larmes et les épaules secouées par les sanglots de la petite victime au second rang. Une main lui touche le bras. Elle sursaute, se retourne craintivement et aperçoit avec soulagement le visage bienveillant du Pr Poole.

« Je suis entièrement d'accord avec vous », chuchote-t-il. « C'est mal, c'est injuste. »

C'est seulement après avoir lancé un coup d'œil rapide par-dessus son épaule que Loola se hasarde à lui adresser un petit sourire de gratitude.

« Il faut que nous partions, maintenant », dit-elle. Ils se hâtent derrière les autres. Suivant la litière, ils traversent le Café en sens inverse, puis tournent à droite et entrent dans le Coktail Bar. A l'une des extrémités de la pièce, une énorme pile d'ossements humains s'élève presque jusqu'au plafond. Assis à croupetons sur le sol, parmi une épaisse poussière blanche, une vingtaine d'artisans sont occupés à façonner des coupes en creusant des crânes, des aiguilles à tricoter en taillant des cubitus, des flûtes et des flageolets avec les os plus long des tibias, des louches, des chausse-pieds et des dominos avec des pelvis et des clefs de robinet avec des fémurs.

On ordonne une pause et, pendant que l'un des ouvriers joue *Donne-moi la détumescence* sur une flûte faite d'un tibia, un autre offre au Chef un superbe collier de vertèbres dont la taille va progressivement des cervicales d'un bébé aux lombaires d'un boxeur poids lourd.

LE RÉCITANT

« *Et il me déposa au milieu de la vallée qui était pleine d'ossements ; et, certes, il étaient fort desséchés.* » Les ossements desséchés de certains de ceux qui moururent par milliers, par millions, au cours de ces trois éclatantes journées d'été qui, pour vous autres, sont encore dans l'avenir. « *Et il me dit : "Fils de l'Homme, ces ossements peuvent-ils vivre?"* » La réponse, repartis-je, est négative. Car, bien que Baruch puisse nous sauver (peut-être) de l'obligation de prendre place dans un ossuaire tel que celui-ci, il ne peut rien pour empêcher cette autre mort plus lente, plus désagréable...

Travelling sur la litière à qui l'on fait gravir les marches pour pénétrer dans le vestibule principal. Ici, la puanteur est accablante, la saleté indescritible. Gros plan de deux rats rongeant un os de mouton, de mouches sur les paupières purulentes d'une petite fille. La caméra recule pour un plan plus éloigné. Quarante ou cinquante femmes, dont la moitié ont la tête rasée, sont assises sur les marches, parmi les détritus qui jonchent le sol, sur les vestiges en lambeaux de lits et de canapés anciens. Chacune d'elles dorlote un bébé, tous les bébés sont âgés de dix semaines et tous ceux qui appartiennent à des mères rasées sont difformes. Pendant que passent des gros plans de petits visages à bec-de-lièvre, de petits troncs munis de moignons au lieu de jambes et de bras, de petites mains terminées par des touffes de doigts en surnombre, de petits corps ornés d'une double rangée de mamelons, nous entendons la voix du Récitant.

LE RÉCITANT

Car cette autre mort, – non pas due à la peste cette fois, non pas due au poison, ni à l'incendie, ni au cancer artificiellement produit, mais à la désintégration misérable de la substance même de l'espèce – cette mort-dans-la-naissance, horrible et infiniment banale, pourrait aussi bien être le produit de l'industrie atomique que de la guerre atomique. Car dans un monde où l'énergie est produite par la fission nucléaire, la grand'mère de n'importe qui a été une technicienne des rayons X. Et non seulement la grand'mère de n'importe qui, – mais encore le grand-père, le père et la mère de n'importe qui, les ancêtres de n'importe qui, en remontant à trois, quatre et cinq générations de ceux qui Me haïssent.

Du dernier des bébés difformes, la caméra revient au Pr Poole debout, le mouchoir collé à son nez encore trop sensible, contemplant avec une stupéfaction horrifiée la scène qui l'entoure.

« Tous ces bébés ont l'air d'avoir exactement le même âge », dit-il, se tournant vers Loola qui est toujours à côté de lui.

« Eh bien, ça vous étonne? Puisqu'ils sont pratiquement tous nés entre le 10 et le 17 décembre.

– Mais cela doit signifier que... » Il s'interrompt, profondément embarrassé. « Je crois », conclut-il hâtivement, « que les choses doivent être assez différentes ici de ce qu'elles sont en Nouvelle-Zélande... »

En dépit du vin, il se souvient de sa mère aux cheveux gris de l'autre côté du Pacifique et, rougissant d'un air coupable, il toussote et détourne les yeux.

« Voilà Polly », s'écrie sa compagne, et elle traverse bien vite la salle.

Marmottant des excuses tandis qu'il s'avance avec précaution entre les mères accroupies ou étendues, le Pr Poole la suit.

Polly est assise sur un sac rempli de paille, près de ce qui fut jadis le bureau de la Caissière. C'est une jeune fille de dix-huit ou dix-neuf ans, petite et frêle, le crâne rasé comme celui d'un criminel qu'on a préparé pour l'exécution. Elle a un visage dont toute la beauté réside dans son ossature fine et ses grands yeux lumineux. C'est avec une expression de désarroi douloureux que ces yeux se lèvent à présent vers le visage de Loola et passent du visage de Loola sans curiosité, presque sans compréhension, à celui de l'étranger qui l'accompagne.

« Chérie! »

Loola se penche pour embrasser son amie. NON NON – vu de l'endroit où se tient le Pr Poole. Puis elle s'assied à côté de Polly et passe un bras consolateur autour d'elle. Polly cache son visage contre l'épaule de l'autre et les deux jeunes filles se mettent à pleurer. Comme si leur chagrin était contagieux, le petit monstre que Polly tient dans ses bras se réveille et lance une plainte grêle. Polly relève la tête, qu'elle avait posée sur l'épaule de son amie et, le visage encore mouillé de larmes, regarde l'enfant difforme, puis elle entrouvre sa chemise et, écartant l'un des NON cramoisis, lui donne le sein. Avec une avidité presque frénétique, l'enfant se met à téter.

« Je l'aime », sanglote Polly. « Je ne veux pas qu'on le tue.

– Chérie... » Loola ne trouve rien d'autre à dire. « Chérie! »

Une voix forte lui coupe la parole.

« Silence, là-bas! Silence! »

D'autres voix reprennent le refrain.

« Silence!

– Silence, là-bas!

– Silence, silence! »

Dans le vestibule, toutes les conversations cessent brusquement et il y a un long silence, chargé d'expectative. Puis une sonnerie de cor résonne et une autre de ces voix étrangement infantiles mais pleines de suffisance annonce : « Son Éminence l'Archi-Vicaire de Bélial, Seigneur de la Terre, Primat de Californie, Serviteur du Prolétariat, Évêque de Hollywood. »

Plan général de l'escalier principal de l'hôtel. Vêtu d'une longue tunique en peaux de chèvres anglo-nubiennes et coiffé d'une couronne en or garnie de quatre hautes cornes pointues, on voit l'Archi-Vicaire descendre majestueusement. Un acolyte tient au-dessus de sa tête un grand parasol en peau de chèvre, et il est suivi de vingt ou trente dignitaires ecclésiastiques, dont le rang hiérarchique s'échelonne des Patriarches à trois cornes aux Prêtres à une seule corne et aux Postulants sans cornes. Tous, depuis l'Archi-Vicaire jusqu'au moindre d'entre eux, sont de toute évidence imberbes, suant, avec une croupe grasse et, quand l'un d'eux parle, c'est toujours d'une voix de contralto flûtée.

Le Chef se lève de sa litière et s'avance au-devant de l'incarnation de l'autorité spirituelle.

LE RÉCITANT

L'État, l'Église souveraine,
La Cupidité et la Haine :
Deux personnes-babouines
En un gorille suprême.

Le Chef incline respectueusement la tête. L'Archi-Vicaire porte les mains à sa tiare, touche les deux cornes antérieures, puis pose le bout de ses doigts spirituellement saturés sur le front du Chef.

« Puissiez-vous n'être jamais empalé sur Ses cornes!

– *Amen* », dit le Chef; puis, se redressant et changeant brusquement le ton de sa voix, qui passe de celui de la dévotion à l'accent énergique des affaires :

« Tout est *O. K.* pour ce soir? » demande-t-il.

De la voix d'un enfant de dix ans, mais avec l'onction prolixe et polysyllabique d'un vétéran de l'Église, habitué depuis longtemps à jouer le rôle d'un être supérieur placé à part et au-dessus de ses semblables, l'Archi-Vicaire répond que tout est en ordre. Sous la surveillance personnelle de l'Inquisiteur à Trois Cornes et du Patriarche de Pasadena, un groupe dévoué de Familiers et de Postulants s'est rendu de village en village pour effectuer le recensement annuel. Chaque mère de monstre a été enregistrée. Les crânes ont été rasés et les flagellations préliminaires administrées. A présent toutes les coupables ont été transportées à l'un ou l'autre des trois Centres de Purification – Riverside, San Diego et Los Angeles. Les couteaux et les nerfs de bœuf consacrés ont été préparés, et, s'il plaît à Bélial, les cérémonies commenceront à l'heure fixée. D'ici que le soleil se lève demain, la purification du pays devrait être achevée.

L'Archi-Vicaire fait de nouveau le signe des cornes, puis il garde quelques secondes un silence recueilli. Rouvrant les yeux, il se tourne vers les ecclésiastiques de sa suite.

« Allez, emmenez les rasées », dit-il de sa voix aiguë, « emmenez ces vases pollués, ces témoignages vivants de l'hostilité de Bélial, et conduisez-les au lieu de leur honte. »

Une douzaine de Prêtres et de Postulants descendent en hâte l'escalier et plongent dans la foule des mères.

« Vite, vite!

– Au nom de Bélial! »

Lentement, à contrecœur, les femmes au crâne rasé se mettent debout. Leurs petits fardeaux de difformité pressés contre leurs seins gonflés de lait, elles se dirigent vers la porte, dans un silence plus douloureusement expressif de leur détresse que toute clameur.

Plan moyen de Polly sur son sac de paille. Un jeune Postulant s'approche d'elle et, d'une secousse brutale, la fait lever.

« Debout! » crie-t-il d'une voix d'enfant courroucé et malveillant. « Debout, procréatrice d'ordure! »

Et il la soufflette. Se dérobant pour éviter un second soufflet, Polly court presque pour rejoindre les autres victimes, ses compagnes, près de l'entrée.

Fondu enchaîné sur un ciel nocturne, avec des étoiles entre de minces barres de nuages et une lune à son déclin, déjà basse à l'ouest. Il y a un long silence; puis nous commençons à entendre les sons d'une mélopée lointaine. Peu à peu elle prend la forme de ces paroles : « Gloire à Bélial, à Bélial au plus bas des cieux », mainte et mainte fois répétées.

LE RÉCITANT

A trois centimètres des yeux, la patte noire du singe
Éclipse les étoiles, la lune, et même L'espace.
Cinq vilains doigts sont le monde entier.

La silhouette d'une main de babouin s'avance vers la caméra, devient plus grande et menaçante, et finit par tout faire disparaître dans l'obscurité.

Cadrage sur l'intérieur du Colisée de Los Angeles. A la lueur fumeuse et intermittente des torches, nous voyons les visages d'une multitude de fidèles. Rangée après rangée, telle une assemblée de gargouilles exsudant la foi sans fondement, la surexcitation infra-humaine, l'imbécillité collective qui sont les produits de la religion rituelle, – les exsudant par des orbites sombres, des narines frémissantes, des lèvres entrouvertes, tandis que la psalmodie se poursuit, monotone : « Gloire à Bélial, à Bélial au plus bas des cieux. » En bas, dans l'arène, des centaines de jeunes filles et de femmes au crâne rasé, tenant chacune dans ses bras son petit monstre, sont agenouillées devant les marches du maître-autel. Terrifiants dans leurs chasubles de fourrure anglo-nubienne, sous leurs tiares aux cornes dorées, les Patriarches et les Archimandrites, les Prêtres et les Postulants se tiennent debout en deux groupes, en haut des marches de l'autel, psalmodiant en contre-chant, d'une voix de fausset, accompagnés par une musique de flageolets en os et une batterie de xylophones.

DEMI-CHŒUR I

Gloire à Bélial,

DEMI-CHŒUR II

A bélial au plus bas des cieux!

Puis, après un silence, la musique de la mélopée se modifie, et une nouvelle phase de l'office commence.

DEMI-CHŒUR I

C'est une chose terrible,

DEMI-CHŒUR II

Terrible, terrible,

DEMI-CHŒUR I

De tomber entre les mains,

DEMI-CHŒUR II

Les mains énormes et velues,

DEMI-CHŒUR I

Entre les mains du Mal vivant,

DEMI-CHŒUR II

Alléluia!

DEMI-CHŒUR I

Entre les mains de l'Ennemi de l'homme,

DEMI-CHŒUR II

Nos compagnons de joie;

DEMI-CHŒUR I

Du Révolté contre l'Ordre des Choses...

DEMI-CHŒUR II

Et nous avons conspiré avec lui contre nous-mêmes;

DEMI-CHŒUR I

De la grosse Mouche à Viande qui est le Seigneur des Mouches,

DEMI-CHŒUR II

Rampant dans le cœur;

DEMI-CHŒUR I

Du Ver nu qui ne meurt jamais,

DEMI-CHŒUR II

Et, ne mourant jamais, est la source de notre vie éternelle;

DEMI-CHŒUR I

Du Prince des Puissances de l'Air...

DEMI-CHŒUR II

Spitfire et Stuka, Belzébuth et Azazel, *Alléluia!*

DEMI-CHŒUR I

Du Seigneur d'ici-bas,

DEMI-CHŒUR II

Et son profanateur;

DEMI-CHŒUR I

Du Grand Seigneur Moloch,

DEMI-CHŒUR II

Patron de toutes les nations;

DEMI-CHŒUR I

De Mammon notre maître,

DEMI-CHŒUR II

Omniprésent :

DEMI-CHŒUR I

De Lucifer le tout-puissant,

DEMI-CHŒUR II

Dans l'Église, dans l'État;

DEMI-CHŒUR I

De Bélial,

DEMI-CHŒUR II

Transcendant,

DEMI-CHŒUR I

Et pourtant, oh! combien immanent

TOUS ENSEMBLE

De Bélial, Bélial, Bélial, Bélial!

Au moment où la mélopée s'éteint, deux Postulants sans cornes descendent, empoignent la plus rapprochée des femmes au crâne rasé, la relèvent et la font monter, muette de terreur, en haut des marches de l'autel, à l'endroit où se tient le Patriarche de Pasadena en train d'affûter la lame d'un long couteau de boucher. La mère mexicaine trapue le regarde avec une facination horrifiée, bouche bée. Puis l'un des Postulants lui prend des bras l'enfant et le présente au Patriarche.

Premier plan de l'un des produits caractéristiques du progrès technologique, un idiot bec-de-lièvre. Pendant cette séquence, on entend le Chœur psalmodier.

DEMI-CHŒUR I

Je vous montre le signe de l'hostilité de Bélial,

DEMI-CHŒUR II

Infâme, infâme;

DEMI-CHŒUR I

Je vous montre le fruit de la grâce de Bélial,

DEMI-CHŒUR II

Ordure infuse dans l'ordure.

DEMI-CHŒUR I

Je vous montre le châtiment de l'obéissance à Sa Volonté,

DEMI-CHŒUR II

Sur la terre comme en Enfer.

DEMI-CHŒUR I

Qui est le générateur de toute difformité?

DEMI-CHŒUR II

La mère.

DEMI-CHŒUR I

Qui est le vase élu de l'Impiété?

DEMI-CHŒUR II

La mère.

DEMI-CHŒUR I

Et la malédiction qui est sur notre race?

DEMI-CHŒUR II

La mère.

DEMI-CHŒUR I

Possédée, possédée –

DEMI-CHŒUR II

Intérieurement, extérieurement;

DEMI-CHŒUR I

Son incube un objet, son sujet un succube –

DEMI-CHŒUR II

Et l'un et l'autre sont Bélial;

DEMI-CHŒUR I

Possédée de la Mouche à Viande.

DEMI-CHŒUR II

Rampant et piquant,

DEMI-CHŒUR I

Possédée par ce qui, irrésistiblement,

DEMI-CHŒUR II

L'aiguillonne, la pousse,

DEMI-CHŒUR I

Pareille au putois souillé,

DEMI-CHŒUR II

Pareille à la truie en sa saison,

DEMI-CHŒUR I

A descendre une pente escarpée,

DEMI-CHŒUR II

A plonger dans une fange indescriptible;

DEMI-CHŒUR I

D'où, après s'être abondamment vautrée,

DEMI-CHŒUR II

Après s'être longuement gorgée d'eaux grasses,

DEMI-CHŒUR I

La mère émergeant, neuf mois plus tard,

DEMI-CHŒUR II

Engendre cette monstrueuse caricature d'homme.

DEMI-CHŒUR I

Comment se fera donc l'expiation?

DEMI-CHŒUR II

Par le sang.

DEMI-CHŒUR I

Comment donc se conciliera-t-on Bélial?

DEMI-CHŒUR II

Rien que par le sang.

•

La caméra passe de l'autel à l'étagement de gradins où les gargouilles blêmes écarquillent avidement les yeux, savourant par avance le spectacle qui va se dérouler à leurs pieds. Et soudain les visages ouvrent leurs bouches noires et se mettent à psalmodier à l'unisson, d'abord d'une façon hésitante, puis avec une assurance croissante et un volume de son de plus en plus fort.

« Sang, sang, sang, le sang, le sang, sang, sang, le sang... »

Cadrage sur l'autel. Le son de l'absurde mélopée infra-humaine se poursuit, monotone, pendant toute la séquence.

Le Patriarche tend sa pierre à aiguiser à l'un des Archimandrites qui l'accompagnent, de sa main gauche, il prend l'enfant malformé par le cou et l'empale sur son couteau. Le bébé émet deux ou trois petits cris bêlants, puis se tait.

Le patriarche se retourne, laisse couler un quart de litre de sang sur l'autel, puis lance le cadavre minuscule dans les ténèbres extérieures. La mélopée s'élève en un crescendo sauvage. « Sang, sang, le sang, le sang, sang, sang, le sang... »

« Qu'on la chasse! » s'écrie le Patriarche en un piaillement impératif.

Saisie de terreur, la mère se retourne et descend les marches en hâte. Les deux Postulants la suivent, la frappant à coups sauvages de leurs nerfs de bœuf consacrés. La mélopée est ponctuée de cris perçants. De l'assemblée des fidèles s'élève un bruit qui est à demi gémissement de commisération, à demi grognement de satisfaction. Congestionnés et légèrement hors d'haleine en raison d'un déploiement d'activité aussi inhabituel, les jeunes Postulants grassouillets saisissent une autre femme, une jeune fille cette fois, frêle et mince au point d'être presque enfantine. Son visage est masqué quand ils la traînent jusqu'en haut des marches. Puis l'un d'eux se recule un peu et nous reconnaissons Polly.

Privé de pouces, muni de huit mamelons, l'enfant est présenté au Patriarche.

DEMI-CHŒUR I

Infâme, infâme! Comment se fera l'expiation?

DEMI-CHŒUR II

Par le sang.

DEMI-CHŒUR I

Comment se conciliera-t-on Bélial?

Cette fois, c'est l'assemblée entière des fidèles qui répond : « Rien que par le sang, sang, sang, sang, par le sang... »

La main gauche du Patriarche se referme autour du cou du bébé.

« Non, non, pas ça! Je vous en prie! »

Polly fait un mouvement vers lui, mais est retenue par les Postulants. Bien posément, tandis qu'elle sanglote, le Patriarche embroche l'enfant sur son couteau, puis lance le cadavre dans le noir, derrière l'autel.

Il y a un cri strident. Premier plan à moyenne distance du Pr Poole. Bien visible sur son siège du premier rang, il est évanoui.

Fondu enchaîné sur l'intérieur de l'Impie des Impies. Le sanctuaire, qui se dresse à l'une des extrémités du petit axe de l'arène, à côté du maître-autel, est une petite pièce oblongue en briques séchées au soleil, avec un autel à l'une de ses extrémités et, à l'autre, une porte coulissante à deux battants, fermés à présent mais pas complètement, et cet interstice central permet d'apercevoir ce qui se passe dans l'arène. Sur un canapé, au milieu du sanctuaire, est étendu l'Archi-Vicaire. Non loin de là, un Postulant sans cornes fait griller des pieds de porc panés sur un fourneau à charbon de bois et, près de lui, un Archimandrite à deux cornes s'active de son mieux pour ranimer le Pr Poole, qui gît sans connaissance sur une civière. L'eau froide et deux ou trois soufflets vigoureux en plein visage produisent enfin le résultat désiré. Le botaniste pousse un soupir, ouvre les yeux, pare une autre gifle et se dresse sur son séant.

« Où suis-je? » demande-t-il.

« Dans l'Impie des Impies », répond l'Archimandrite. « Et voici Son Éminence. »

Le Pr Poole reconnaît le grand homme, et a suffisamment de présence d'esprit pour incliner respectueusement la tête.

« Qu'on apporte un tabouret », ordonne l'Archi-Vicaire.

On apporte le tabouret. L'Archi-Vicaire fait signe au Pr Poole qui se lève péniblement, traverse la pièce d'un pas assez mal assuré et s'assied. A ce moment, un hurlement particulièrement strident lui fait tourner la tête.

Plan général du maître-autel, vu d'où il se trouve : le Patriarche est en train de lancer encore un autre petit monstre dans l'obscurité, tandis que ses acolytes font pleuvoir des coups sur sa mère hurlante.

Retour au Pr Poole, qui frissonne et se cache la tête dans les mains. Pendant cette séquence, nous entendons la mélopée monotone des fidèles assemblés : « Sang, sang, sang. »

« Horrible! » dit le Pr Poole. « Horrible!

– Et pourtant il y a du sang dans votre religion également », fait remarquer l'Archi-Vicaire avec un sourire ironique. « *Lavé dans le sang de l'Agneau.* N'est-ce pas exact?

– Parfaitement exact », reconnaît le Pr Poole. « Mais nous ne procédons pas effectivement au lavage. Nous nous contentons d'en parler, ou, plus souvent, d'en faire l'objet de nos chants, dans des cantiques. »

Le Pr Poole détourne les yeux. Il y a un silence. A ce moment, le Postulant s'approche, portant un grand plat qu'il pose, avec deux bouteilles, sur une table à côté du canapé. Empalant un des pieds panés sur une authentique contrefaçon XXe siècle d'une fourchette du début de l'époque géorgienne [1], l'Archi-Vicaire se met à le grignoter.

« Servez-vous », piaille-t-il entre deux bouchées. « Et voilà du vin », ajoute-t-il, indiquant l'une des bouteilles.

Le Pr Poole, qui a une faim de loup, obéit avec empressement, et il y a un nouveau silence, empli par le bruit qu'ils font en mangeant et par la mélopée du sang.

« Vous n'y croyez pas, bien entendu », dit enfin l'Archi-Vicaire, la bouche pleine.

« Mais je vous assure... », proteste le Pr Poole.

Son zèle de conformisme est excessif, et l'autre lève une main potelée, luisante de graisse de porc.

« Allons, allons, allons! Mais j'aimerais que vous sachiez que nous avons de bonnes raisons de croire comme nous le faisons. Notre foi, cher monsieur, est rationnelle et réaliste. » Il y a une pause, tandis qu'il boit à la bouteille et se sert un autre pied de porc. « Je suppose que vous êtes familiarisé avec l'histoire mondiale?

– Simplement en dilettante », répond modestement le Pr Poole. Mais il croit pouvoir ajouter qu'il a lu la plupart des livres les plus indiqués sur ce sujet, – *L'Ascension et l'Extinction de la Russie,* de Graves, par exemple; *L'Effondrement de la Civilisation occidentale,* de Basedow; l'inimitable *Autopsie de l'Europe,* de Bright; et, bien entendu, ce livre absolument charmant et tout à fait véridique, bien que ce ne soit qu'un roman : *Les Derniers Jours de Coney Island,* de ce cher vieux Percival Pott. « Vous le connaissez, n'est-ce pas? »

L'Archi-Vicaire hoche la tête.

« Je ne connais rien de ce qui a été publié postérieurement à la Chose », répond-il sèchement.

« Ah, que je suis bête! » s'écrie le Pr Poole, regrettant, comme il l'a fait si souvent dans le passé, cette loquacité exubérante par laquelle il compense à l'excès une timidité

1. Les Anglais dénomment ainsi le règne des quatre rois George I, II, III et IV (1714-1830). *(N.d.T.)*

qui, abandonnée à elle-même, le réduirait presque au mutisme.

« Mais j'ai lu une grande partie de ce qui a été publié antérieurement », reprend l'Archi-Vicaire. « Ils avaient d'excellentes bibliothèques ici, en Californie du Sud. Épuisées à présent, pour la plupart. A l'avenir, je le crains, il nous faudra aller plus loin pour obtenir notre combustible. Mais, entre-temps, nous avons fait cuire notre pain, et j'ai réussi à sauver trois ou quatre milliers de volumes pour notre Séminaire.

– Comme l'Église au début du Moyen Age », dit le Pr Poole avec un enthousiasme d'homme cultivé. « La Civilisation n'a pas de meilleur ami que la Religion. C'est là ce que mes amis agnostiques ne veulent jamais... » Se souvenant soudain que les dogmes de cette Église-là n'étaient pas tout à fait les mêmes que ceux qui sont professés par celle-ci, il s'arrête court et, pour dissimuler son embarras, boit une longue gorgée à sa bouteille.

Mais heureusement l'Archi-Vicaire est trop préoccupé de ses propres idées pour s'offenser de ce *faux-pas* [1] ou même pour s'en apercevoir.

« Selon ce que je comprends à l'histoire », dit-il, « voici ce qui s'est passé. L'Homme se dresse contre la Nature, le Moi contre l'Ordre des Choses, Bélial (un signe des cornes, machinal) contre l'Autre. Durant cent mille ans environ, la bataille reste indécise. Puis, il y a trois siècles, presque du jour au lendemain, le flot s'est mis à couler sans interruption dans une seule direction. Prenez donc encore un de ces pieds de porc, si cela vous tente. »

Le Pr Poole s'en sert un second, cependant que l'autre entame son troisième.

« Lentement d'abord, puis avec un élan croissant, l'homme commence à gagner du terrain sur L'Ordre des Choses. » L'Archi-Vicaire s'arrête un instant pour cracher un morceau de cartilage. « Tandis qu'une fraction de plus en plus importante de la race humaine s'aligne derrière lui, le Seigneur des Mouches, qui est également la Mouche à

1. En français dans le texte.

Viande dans le cœur de chacun, inaugure sa marche triomphale à travers un monde dont il deviendra si vite le Maître indiscuté. »

Emporté par sa propre éloquence suraiguë, et oubliant pour un moment qu'il n'est pas en chaire dans l'église de Saint-Azazel, l'Archi-Vicaire fait un geste large du bras. Le pied de porc tombe de sa fourchette. Avec un rire plein de bonne humeur à ses propres dépens, il le ramasse par terre, l'essuie sur la manche de sa soutane en peau de chèvre, y mord à nouveau, et reprend :

« Cela a commencé avec les machines et les premiers bateaux de blé du Nouveau Monde. Des aliments pour ceux qui ont faim, et un fardeau enlevé aux épaules des hommes. " O Dieu, nous Te remercions de tous les bienfaits que, dans Ta libéralité... " *et caetera, et caetera.* » L'Archi-Vicaire a un rire moqueur. « Inutile de le souligner, personne n'obtient jamais quoi que ce soit pour rien. Les libéralités de Dieu ont leur prix, et Bélial veille toujours à ce qu'il soit salé. Prenons les machines, par exemple. Bélial savait parfaitement que, en trouvant un léger soulagement à son labeur, la chair serait subordonnée au fer et que l'esprit serait rendu esclave des rouages. Il savait que, si une machine est à l'épreuve des sots, il faut aussi qu'elle soit à l'épreuve de l'habileté, du talent, de l'inspiration. Votre argent vous est remboursé au cas où le produit serait défectueux, et il est remboursé double si vous êtes capable d'y trouver la moindre trace de génie ou d'individualité! Et puis, il y a eu ces bons aliments du Nouveau Monde. " O Dieu, nous Te remercions... " Mais Bélial savait que nourrir, cela signifie procréer. Au temps jadis, quand les gens faisaient l'amour, ils accroissaient simplement le taux de la mortalité infantile et raccourcissaient l'espérance de vie. Mais après la venue des bateaux de vivres, ce fut différent. La copulation a donné la population, – et dans les grandes dimensions. »

Une fois de plus, l'Archi-Vicaire émet son rire strident.

Fondu enchaîné sur une vue, à travers un microscope

puissant, de spermatozoïdes se démenant follement pour atteindre leur But final, le grand ovule pareil à une lune dans l'angle supérieur gauche du cliché. Sur la piste sonore, nous entendons la voix du ténor dans le dernier mouvement de la *Faust Symphonie* de Liszt : *La femme éternelle toujours nous élève. La femme éternelle toujours*[1]... Cadrage sur une vue aérienne de Londres en 1800. Puis retour à la course darwinienne pour la survie et la perpétuation de l'espèce. Retour à une vue de Londres en 1900, – de nouveau aux spermatozoïdes, – et de nouveau à Londres tel que les aviateurs allemands l'ont vu en 1940. Fondu enchaîné sur un premier plan de l'Archi-Vicaire.

« O Dieu », psalmodie-t-il, de la voix légèrement chevrotante qui est toujours considérée comme appropriée pour des propos de ce genre, « nous Te remercions de toutes ces âmes immortelles. » Puis, changeant de ton : « Ces âmes immortelles », poursuit-il, « logées dans des corps qui d'année en année sont de plus en plus maladifs, galeux, rabougris, tandis qu'adviennent inévitablement toutes les choses prévues par Bélial. Le surpeuplement de la planète. Deux cents, trois cent cinquante, parfois jusqu'à huit cents personnes par kilomètre carré de sol vivrier, et le sol en cours de dévastation à cause d'une mauvaise exploitation agricole. Partout l'érosion, partout la désagrégation des minéraux. Et les déserts qui s'étendent, les forêts qui s'amenuisent. Même en Amérique, même en ce Nouveau Monde, qui fut jadis l'espoir de l'Ancien. Voilà qu'augmente la spirale industrielle et que diminue la spirale de la fertilité du sol. De plus en plus grand, de mieux en mieux, de plus en plus riche, de plus en plus puissant, – et alors, presque soudainement, on a de plus en plus faim. Oui, Bélial a tout prévu, – le passage de la faim aux aliments importés, des aliments importés à la population en augmentation, et l'on retourne de la population en augmentation à la faim. Retour à la faim. A la Faim nouvelle, la Faim supérieure, la Faim d'énormes

1. En français dans le texte.

prolétariats industrialisés, la Faim de citadins munis d'argent, de tout le confort moderne, d'automobiles, de postes de radio et de tous les appareils ménagers imaginables, la faim qui est la cause des guerres totales, et les guerres totales qui sont la cause de plus de faim encore. »

L'Archi-Vicaire s'arrête pour avaler une nouvelle gorgée à sa bouteille.

« Et souvenez-vous de ceci », ajoute-t-il, « même sans la Morve synthétique, même sans la bombe atomique, Bélial aurait pu réaliser tous ses desseins. Un peu plus lentement peut-être mais tout aussi sûrement, les hommes se seraient détruits eux-mêmes en détruisant le monde dans lequel ils vivaient. Ils ne pouvaient pas y échapper. Il les tenait embrochés sur Ses deux cornes. S'ils parvenaient à se dégager de la corne de la guerre totale, ils se trouvaient empalés sur celle de la famine. Et s'ils étaient affamés, ils étaient tentés de recourir à la guerre. Et pour le simple cas où ils essaieraient de trouver un moyen pacifique et raisonnable pour sortir de leur dilemme, Il avait en réserve pour eux une autre corne de suicide plus subtile. Dès le début même de la révolution industrielle, il avait prévu que les hommes seraient gratifiés d'une présomption tellement outrecuidante pour les miracles de leur propre technologie qu'ils ne tarderaient pas à perdre le sens des réalités. Et c'est précisément ce qui est arrivé. Ces misérables esclaves des rouages et des registres se mirent à se féliciter d'être les Vainqueurs de la Nature. Vainqueurs de la Nature, vraiment! En fait, bien entendu, ils avaient simplement renversé l'équilibre de la Nature et étaient sur le point d'en subir les conséquences. Songez donc à quoi ils se sont occupés au cours du siècle et demi qui a précédé la Chose. A polluer les rivières, à tuer tous les animaux sauvages, au point de les faire disparaître, à détruire les forêts, à délaver la couche superficielle du sol et à la déverser dans la mer, à consumer un océan de pétrole, à gaspiller les minéraux qu'il avait fallu la totalité des époques géologiques pour déposer. Une orgie d'imbécillité criminelle. Et ils ont appelé cela le Progrès. Le Progrès, répète-t-il, le Progrès!

Je vous le dis, c'était une invention trop fantastique pour qu'elle ait été le produit d'un simple esprit humain, – trop démoniaquement ironique! Il a fallu pour cela une Aide extérieure. Il a fallu la Grâce de Bélial, qui, bien entendu, est toujours offerte, – du moins, à quiconque est prêt à coopérer avec elle. Et qui ne l'est pas?

– Qui ne l'est pas? » répète le Pr Poole avec un petit gloussement de rire, car il se dit qu'il lui faut, d'une façon ou d'une autre, racheter son erreur au sujet de l'Église à l'Age des Ténèbres.

« Le Progrès et le Nationalisme – ce sont les deux grandes idées qu'il leur a mises en tête. Le Progrès – le postulat que vous pouvez obtenir quelque chose pour rien, le postulat que vous pouvez gagner dans un domaine sans payer ce gain dans un autre, le postulat que vous seul comprenez la signification de l'histoire, le postulat que vous savez ce qui va arriver d'ici cinquante ans; que quoi qu'enseigne l'expérience, vous pouvez prévoir toutes les conséquences futures de vos actes actuels; que l'Utopie est là devant nous, toute proche et, puisque les fins idéales justifient les moyens les plus abominables, qu'il est de votre privilège et de votre devoir de voler, d'escroquer, de torturer, de réduire en esclavage et d'assassiner tous ceux qui, à votre avis (lequel est par définition infaillible), font obstacle à la marche en avant vers le paradis terrestre. Souvenez-vous de cet aphorisme de Karl Marx : “ La Force est l'accoucheuse du Progrès. ” Il aurait pu ajouter – mais, bien entendu, Bélial n'a pas voulu qu'on vende la mèche si tôt au début des opérations – que le Progrès est l'accoucheur de la Force. Doublement l'accoucheur, car le fait du progrès technologique fournit aux gens les instruments d'une destruction sans cesse plus aveugle, cependant que le mythe du progrès politique et moral sert d'excuse à l'emploi de ces moyens jusqu'à l'extrême limite. Je vous le dis, cher Monsieur, l'historien incrédule est fou. Plus on étudie l'histoire moderne, plus on acquiert de preuves de la Main directrice de Bélial. »

L'Archi-Vicaire fait le signe des cornes, se restaure d'une nouvelle gorgée de vin, puis continue : « Et ensuite il y a eu le Nationalisme, l'idée que l'État dont on se trouve être le sujet est le seul dieu véritable, et que tous les autres états sont de faux dieux; que tous ces dieux, les vrais comme les faux, ont la mentalité de jeunes délinquants; et que tout conflit au sujet du prestige, du pouvoir ou de l'argent est une croisade en faveur du Bien, du Vrai et du Beau. Le fait qu'à un moment donné de l'histoire des idées pareilles en soient venues à être universellement acceptées est la meilleure preuve qu'il a enfin gagné la bataille.

– Je ne comprends pas très bien, » dit le Pr Poole.

« Mais c'est évident, voyons. Vous avez là deux idées fondamentales. Chacune d'elles est intrinsèquement absurde et chacune d'elles mène à des lignes de conduite dont on peut démontrer qu'elles sont funestes. Et pourtant toute l'humanité civilisée décide, presque soudainement, d'accepter ces idées comme directives de conduite. Pourquoi? Et à l'instigation de Qui, sur la proposition de Qui, sous l'inspiration de Qui? Il ne peut y avoir qu'une seule réponse.

– Vous voulez dire que vous croyez que c'était... que c'était le Diable?

– Qui donc, en dehors de lui, désire l'avilissement et la destruction de la race humaine?

– Bien sûr, bien sûr, acquiesce le Pr Poole. « Mais, malgré tout, en tant que chrétien protestant, je ne peux vraiment pas...

– Ah, oui? » dit l'Archi-Vicaire d'un ton sarcastique. « Alors, vous en savez plus long que Luther, vous en savez plus long que toute l'Église chrétienne. Vous rendez-vous compte, monsieur, qu'à dater du deuxième siècle aucun chrétien orthodoxe n'a cru qu'un homme puisse être possédé de Dieu? Il ne pouvait être possédé que du Diable. Et pourquoi croyait-on cela? Parce que les faits mettaient les gens dans l'impossibilité de croire autre chose. Bélial est un fait, Moloch est un fait, la possession diabolique est un fait.

– Je proteste », s'écrie le Pr Poole. « En tant qu'homme de science...

– En tant qu'homme de science, vous êtes tenu d'accepter l'hypothèse de travail qui explique les faits de la façon la plus plausible. Or quels sont-ils, les faits? Le premier est un fait d'expérience et d'observation – autrement dit que personne ne désire souffrir, ne veut être avili, ne veut être mutilé ou tué. Le second est un fait d'histoire, le fait qu'à une certaine époque la majorité écrasante des êtres humains a accepté des croyances et adopté des lignes de conduite qui ne pouvaient absolument pas avoir d'autres résultats que la souffrance universelle, l'avilissement général et la destruction en masse. La seule explication plausible, c'est qu'ils ont été inspirés ou possédés par une conscience étrangère, par une conscience qui a voulu leur perte et l'a voulue avec plus de force qu'ils n'ont pu vouloir leur propre bonheur et leur survie. »

Il y a un silence.

« Bien entendu », se hasarde enfin à objecter le Pr Poole, « ces faits-là pourraient s'expliquer autrement.

– Mais pas d'une façon aussi plausible, d'une façon aussi simple à beaucoup près », insiste l'Archi-Vicaire. « Et voyez donc toutes les autres preuves. Prenez la Première Guerre mondiale, par exemple. Si les gens et les hommes politiques n'avaient pas été possédés, ils auraient écouté Benoît XV ou Lord Lansdowne, ils se seraient entendus, ils auraient négocié une paix sans victoire. Mais ils ne l'ont pas pu, ils ne l'ont pas pu. Il leur a été impossible d'agir conformément à leur propre intérêt. Ils ont été forcés de faire ce que leur dictait le Bélial qu'ils avaient en eux, et le Bélial qu'ils avaient en eux a voulu la Révolution communiste, a voulu la réaction fasciste à cette révolution, a voulu Mussolini, Hitler et le Politburo, a voulu la famine, l'inflation et la crise industrielle. Il a voulu les armements comme remède au chômage; Il a voulu la persécution des juifs et des koulaks, Il a voulu que les nazis et les communistes se partagent la Pologne et se fassent ensuite la guerre. Oui, et Il a voulu le rétablissement complet de l'esclavage sous sa forme la plus durable. Il a voulu les migrations forcées et la paupérisation généralisée. Il a voulu les camps de concentration, les chambres à gaz et les fours crématoires. Il a voulu les pilonnages par bombardement intensif (quelle expression merveilleusement imagée!). Il a voulu la destruction, du jour au lendemain, de l'accumulation des richesses d'un siècle et de toutes les possibilités de prospérité, de bienséance, de liberté et de culture futures. Bélial a voulu tout cela, et comme Il était la Grosse Mouche à Viande au cœur des politiciens et des généraux, des journalistes et du commun des mortels, il Lui a été possible, sans aucune difficulté, de faire en sorte que le pape ne soit pas entendu, même des catholiques, que Lansdowne soit condamné comme mauvais patriote, presque comme traître. Et c'est ainsi que la guerre s'est prolongée durant quatre années entières; et ensuite tout s'est déroulé ponctuellement comme prévu. La situation mondiale est passée constamment de mal en pis et, à mesure qu'elle empirait, les hommes et les femmes sont devenus progressivement plus dociles aux directives de l'Esprit d'Impiété. Les vieilles croyances en la valeur de l'âme individuelle se sont perdues; les vieilles contraintes ont cessé d'être efficaces; les vieilles componctions et compassions ont disparu comme par enchantement. Tout ce que l'Autre avait jamais mis dans la tête des gens s'en est allé peu à peu, et le vide qui en résulte a été comblé par les rêves déments du Progrès et du Nationalisme. Une fois admise la validité de ces rêves, il en découlait que les simples bonnes gens d'ici n'avaient pas plus de valeur que des fourmis et des punaises, et pouvaient être traités en conséquence. Et ils ont effectivement été traités en conséquence, on ne dira pas le contraire! »

L'Archi-Vicaire émet un gloussement de rire suraigu et se sert le dernier des pieds de porc.

« Pour son époque, » reprend-il, « ce brave vieil Hitler a été un assez bon spécimen du démoniaque. Pas aussi complètement possédé, bien entendu, que beaucoup d'entre les grands chefs nationaux des années comprises entre 1945 et le début de la Troisième Guerre mondiale, mais nettement au-dessus de la moyenne de sa propre époque. Plus que pratiquement n'importe lequel de ses contemporains, il était fondé à dire : " Non pas moi, mais Bélial qui est en moi. " Les autres n'ont été possédés que sporadiquement, à certains moments. Prenez les savants, par exemple. Des hommes bons, bien intentionnés, pour la plupart. Mais Il s'est saisi d'eux, néanmoins, Il s'est saisi d'eux à l'instant où ils ont cessé d'être des êtres humains pour devenir des spécialistes. D'où la Morve et ces bombes. Et rappelez-vous cet homme, comment s'appelait-il donc? celui qui a été si longtemps Président des États-Unis...

– Roosevelt? » suggère le Pr Poole.

« C'est ça, Roosevelt. Eh bien! vous souvenez-vous de cette phrase qu'il répétait continuellement durant toute la Seconde Guerre mondiale? " Capitulation sans conditions, capitulation sans conditions. " De l'inspiration absolue, voilà ce que c'était! De l'inspiration directe et absolue!

– Vous le dites », protesta le Pr Poole. « Mais quelle preuve en avez-vous?

– La preuve? » répéta l'Archi-Vicaire. « Toute l'histoire postérieure en est la preuve. Voyez ce qui est arrivé quand cette expression est devenue une politique et a été mise en pratique. Capitulation sans conditions, – combien de millions de cas nouveaux de turberculose? Combien de millions d'enfants contraints d'être des voleurs ou de se prostituer pour des tablettes de chocolat? Bélial était particulièrement ravi en ce qui concerne les enfants. Et, autre exemple de capitulation sans conditions, – la ruine de l'Europe, le chaos en Asie, la famine partout, les révolutions, les tyrannies. Capitulation sans conditions, – et un nombre plus grand encore d'innocents ont dû subir des souffrances pires qu'à toute autre époque de l'histoire. Et, comme vous le savez fort bien, il n'est rien qui fasse plus de plaisir à Bélial que les souffrances des innocents. Puis en fin de compte, bien entendu, il y a eu la Chose. Capitulation sans conditions et pan! – exactement comme Il en avait toujours eu l'intention. Et tout cela s'est produit sans aucun miracle ni intervention spéciale, simplement par des moyens naturels. Plus on réfléchit aux œuvres de Sa Providence, plus cela semble insondablement merveilleux. » Dévotement, l'Archi-Vicaire fait le signe des cornes. Il y a une petite pause. « Écoutez », dit-il en levant la main.

Pendant quelques secondes, ils restent assis sans parler. Le débit monotone, indistinct, voilé de la mélopéee s'enfle pour devenir perceptible : Sang, sang, sang, le sang... » Il y a un cri affaibli au moment où encore un petit monstre est embroché sur le couteau du Patriarche, puis le bruit sourd des coups de nerf de bœuf sur la chair et, au milieu des rugissements surexcités des fidèles, une succession de hurlements à peine humains.

« On ne croirait guère qu'il ait pu nous produire, Nous, sans un miracle », reprend pensivement l'Archi-Vicaire. « Mais Il l'a fait, Il l'a fait. Par moyens purement naturels, en utilisant les êtres humains et leur Science comme Ses instruments, Il a créé une race d'hommes entièrement nouvelle, avec la difformité dans le sang, avec la misère tout autour d'eux et n'ayant devant eux, dans l'avenir, pas d'autre perspective que celle de plus de misère, de difformités plus affreuses, et, en fin de compte, de l'extinction totale. Oui, c'est une chose terrible que de tomber entre les mains du Mal vivant!

– Alors, pourquoi », demande le Pr Poole, « continuez-vous à l'adorer?

– Pourquoi jette-t-on de la nourriture à un tigre grondant? Pour s'acheter un moment de répit. Pour retarder l'horreur de l'inévitable, ne serait-ce que de quelques minutes. Sur la terre comme en Enfer... mais, du moins, on est encore sur terre.

– Cela ne semble guère en valoir la peine », dit le Pr Poole, du ton philosophique de quelqu'un qui vient de dîner.

Un nouveau hurlement exceptionnellement perçant lui fait tourner la tête vers la porte. Il regarde quelque temps en silence. Cette fois, son expression est celle d'une horreur considérablement radoucie par la curiosité scientifique.

« Vous vous y habituez, hein? » dit l'Archi-Vicaire d'un ton jovial.

LE RÉCITANT

La conscience, la coutume, – la première fait des lâches,
Fait parfois de nous des saints, fait des êtres humains.
L'autre fait des Patriotes, des Papistes, des Protestants,
Fait des Babbitt, des Sadiques, des Suédois ou des Slovaques,
Fait des tueurs de koulaks, des chlorureurs de Juifs,
Fait tous ceux qui mutilent, pour des motifs élevés,
La chair frémissante, sans remords ni doute
Entachant leur certitude d'effectuer un Service divin.

Oui, mes amis, souvenez-vous de l'indignation que vous avez éprouvée jadis quand les Turcs massacraient plus que le contingent ordinaire d'Arméniens, de vos remerciements à Dieu, du fait que vous viviez dans un pays protestant, ami du progrès, où les choses de ce genre ne pouvaient pas se produire, – ne pouvaient pas se produire parce que les hommes portaient des chapeaux melon et partaient tous les matins pour Londres par le train de huit heures vingt-trois. Puis songez un instant à quelques-unes des horreurs que vous considérez maintenant comme allant de soi; aux violations des bienséances humaines les plus élémentaires qui ont été commises en votre nom (ou peut-être par vos propres mains); aux atrocités que vous montrez à votre petite fille, deux fois par semaine, quand vous l'emmenez au cinéma voir les actualités – et elle les trouve banales et ennuyeuses. Dans vingt ans d'ici, à ce train-là, vos petits-enfants ouvriront leurs postes de télévision pour jeter un coup d'œil sur les jeux de gladiateurs, et quand ils commenceront à manquer d'intérêt, il y aura la crucifixion en masse, à l'armée, des objecteurs de conscience, ou l'écorchage tout vifs, entièrement en couleurs, des soixante-dix mille individus soupçonnés, à Tegucigalpa [1], d'activités anti-honduriennes.

Cependant, dans l'Impie des Impies, le Pr Poole regarde toujours au-dehors, par la fente entre les deux battants de la porte. L'Archi-Vicaire se cure les dents. Il y a un confortable silence d'après-dîner. Soudain, le Pr Poole se tourne vers son compagnon.

« Il se passe quelque chose », s'écrie-t-il avec agitation. « Les voilà qui quittent leurs places.

– Je m'y attendais déjà depuis un bon moment », répond l'Archi-Vicaire sans cesser de se curer les dents. « C'est le sang qui produit cela, le sang et, bien entendu, les flagellations.

– Les voilà qui sautent dans l'arène », reprend le Pr Poole. « Ils courent les uns après les autres. Qu'est-ce qui se...? Ah! mon Dieu! Je vous demande pardon », ajoute-t-il vivement, « mais vraiment, vraiment... »

Fort agité, il s'éloigne de la porte.

« Il y a vraiment des limites », dit-il.

« C'est en quoi vous vous trompez », répond l'Archi-Vicaire. « Il n'y a pas de limites. Tout le monde est capable de n'importe quoi, littéralement *n'importe quoi.* »

Le Pr Poole ne répond pas. Irrésistiblement attiré par une force qui est plus puissante que sa volonté, il est retourné à sa place primitive et regarde au-dehors, avec avidité et horreur, ce qui se passe dans l'arène.

« C'est monstrueux! » s'écrie-t-il, indigné. « C'est absolument révoltant! »

L'Archi-Vicaire se lève lourdement de son canapé et, ouvrant une petite armoire dans le mur, en tire une jumelle qu'il tend au Pr Poole.

« Essayez ça », dit-il. « Ce sont des verres de nuit.

1. Capitale du Honduras, république d'Amérique centrale.

Équipement standard de la Marine, d'avant la Chose. Vous verrez tout.

– Mais vous n'imaginez pas...

– Non seulement j'imagine », dit l'Archi-Vicaire avec un sourire empreint d'une bienveillance ironique, « mais je vois de mes propres yeux. Allez-y, mon vieux. Regardez. Vous n'avez jamais rien vu de pareil en Nouvelle-Zélande.

– Certes non », dit le Pr Poole, sur le ton qu'aurait eu sa mère.

Il finit néanmoins par porter la jumelle à ses yeux.

Plan général, pris de l'endroit où il se trouve. C'est une scène de satyres et de nymphes, de poursuites et de captures, de résistances provocantes suivies d'abandons enthousiastes de lèvres qui se livrent à des lèvres barbues, de poitrines palpitantes qui se livrent à l'impatience de mains brutales, le tout accompagné d'un vacarme de cris, de piaillements et de rires aigus.

Cadrage sur l'Archi-Vicaire, dont le visage est froncé en une grimace de dégoût méprisant.

« Comme des chats », dit-il enfin. « Mais les chats ont assez de bienséance pour n'être pas grégaires dans leurs amours. Et vous avez encore des doutes au sujet de Bélial, même après cela? »

Il y a un silence.

« Est-ce que cela s'est produit après... après la Chose? » questionne le Pr Poole.

« En deux générations.

– Deux générations! » Le Pr Poole lâche un sifflement. « Elle n'a rien de récessif, cette mutation-là! Et est-ce qu'ils... ma foi, je veux dire : est-ce qu'ils ne se sentent pas l'envie de faire ça à d'autres saisons?

– Rien que pendant les cinq semaines à venir, c'est tout. Et nous ne permettons que deux semaines d'accouplement proprement dit.

– Pourquoi? »

L'Archi-Vicaire fait le signe des cornes.

« Par principe. Il faut qu'ils soient punis pour avoir été

punis. C'est la Loi de Bélial. Et, je puis le dire, nous ne les ratons pas s'ils contreviennent aux règles.

– Oui, oui », dit le Pr Poole, se souvenant avec embarras de l'épisode avec Loola parmi les dunes.

« C'est passablement dur pour ceux qui reviennent, par un retour atavique, au type d'accouplement ancien.

– Sont-ils nombreux?

– De cinq à dix pour cent de la population. Nous les appelons les « Chauds ».

– Et vous ne permettez pas...?

– Nous les exorcisons à coups de trique quand nous les attrapons.

– Mais c'est monstrueux!

– Bien entendu », acquiesce l'Archi-Vicaire. « Mais rappelez-vous votre histoire. Si l'on veut de la solidarité sociale, il faut qu'on ait soit un ennemi extérieur, soit une minorité opprimée. Nous n'avons pas d'ennemis extérieurs, de sorte qu'il nous faut tirer parti au maximum de nos Chauds. Ils sont ce qu'étaient les Juifs sous Hitler, ce qu'étaient les bourgeois sous Lénine et Staline, ce qu'étaient jadis les hérétiques dans les pays catholiques et les Papistes chez les Protestants. Si n'importe quoi va de travers, c'est toujours la faute des Chauds. Je ne sais pas ce que nous ferions sans eux.

– Mais ne réfléchissez-vous jamais à ce qu'ils doivent éprouver, eux?

– Pourquoi le ferais-je? Tout d'abord, c'est la Loi. Triste châtiment pour avoir été puni. Deuxièmement, s'ils sont avisés, ils ne se feront pas punir. Tout ce qu'ils ont à faire, c'est éviter d'avoir des enfants pendant la saison interdite, et dissimuler qu'ils deviennent amoureux et entretiennent des relations permanentes avec des personnes de sexe opposé. Et, s'ils ne veulent pas être prudents, ils ont toujours la ressource de s'enfuir.

– De s'enfuir? Où cela?

– Il y a une petite communauté dans le Nord, près de Fresno. Elle a quatre-vingt-cinq pour cent de Chauds. Le voyage est dangereux, bien entendu. Très peu d'eau en cours de route. Et si nous les pinçons, nous les enterrons vifs. Mais s'il leur plaît de courir ce risque, ils sont parfaitement libres de le faire. Puis, enfin, il y a la prêtrise. » Il fait le signe des cornes. « Tout garçon intelligent, qui manifeste de bonne heure des tendances à être un Chaud, a son avenir assuré : nous en faisons un prêtre. »

Plusieurs secondes s'écoulent avant que le Pr Poole se hasarde à poser sa question suivante.

« Vous voulez dire que vous...?

– Précisément », dit l'Archi-Vicaire. Pour l'amour du Royaume de l'Enfer. Sans parler des raisons strictement pratiques. Après tout, il faut que les affaires de la communauté continuent à être assurées d'une façon ou d'une autre et, manifestement, les laïcs ne sont pas en état de le faire. »

Le bruit provenant de l'arène s'enfle momentanément jusqu'à un maximum.

« Écœurant! » piaille l'Archi-Vicaire avec une aversion soudain plus forte. « Et ceci n'est rien, en comparaison de ce que ce sera plus tard. Comme je suis heureux d'avoir été préservé d'une semblable ignominie! Non pas eux, mais l'Ennemi du Genre humain incarné dans leur corps répugnant! Veuillez donc regarder par là. » Il attire le Pr Poole vers lui, il pointe un index épais. « A gauche du maître-autel – avec ce petit vase à tête rousse. C'est le Chef. Le Chef! » répète-t-il avec une emphase railleuse. « Quel genre de gouvernant va-t-il être au cours des deux semaines à venir? »

Résistant à la tentation de faire des remarques personnelles sur un homme qui, bien que temporairement retiré du circuit, est destiné à revenir au pouvoir, le Pr Poole émet un petit rire nerveux.

« Oui, il a vraiment l'air d'oublier les soucis de l'État. »

LE RÉCITANT

Mais pourquoi, pourquoi faut-il qu'il se détende
avec Loola? Brute abjecte et gourgandine sans foi!
Mais il y a du moins une consolation, – et pour un

homme timide, harcelé de désirs auxquels il n'ose pas donner suite par ses actes, une consolation fort importante : la conduite de Loola est la preuve d'une accessibilité à laquelle, en Nouvelle-Zélande, dans les milieux académiques, au voisinage de sa mère, on ne pouvait que songer furtivement comme à quelque chose d'absolument trop beau pour être vrai. Et Loola n'est pas la seule qui se montre accessible. La même chose est en cours de démonstration, non moins activement, non moins vocalement, par ces mulâtresses, par Flossie, la Teutonne potelée au teint de miel, par cette énorme matrone arménienne, par la petite adolescence aux cheveux filasse et aux grands yeux bleus...

« Oui, c'est notre Chef », dit l'Archi-Vicaire d'un ton amer. « Jusqu'à ce que lui et les autres pourceaux cessent d'être possédés, c'est l'Église qui les remplace. »

Incorrigiblement cultivé, en dépit de son désir irrésistible d'être là-bas avec Loola, – ou avec pratiquement n'importe quelle autre, pour tout dire, – le Pr Poole fait une remarque pertinente au sujet de l'Autorité spirituelle et du Pouvoir temporel.

L'Archi-Vicaire n'en tient aucun compte.

« Eh bien, dit-il avec entrain, il est temps que je me mette à l'ouvrage. »

Il appelle un Postulant, qui lui tend une chandelle, puis se dirige vers l'autel à l'extrémité est du sanctuaire. Sur l'autel se dresse un unique cierge en cire jaune, d'environ un mètre de haut et d'une épaisseur disproportionnée. L'Archi-Vicaire fait une génuflexion, allume le cierge, fait le signe des cornes, puis revient à l'endroit où le Pr Poole, les yeux écarquillés d'horreur fascinée et de concupiscence scandalisée, contemple le spectacle dans l'arène.

« Écartez-vous, s'il vous plaît. »

Le Pr Poole obéit.

Un Postulant repousse un des battants de la porte coulissante puis l'autre. L'Archi-Vicaire s'avance et se place au centre de l'ouverture, touchant les cornes dorées de sa tiare. Du groupe des musiciens sur les marches du maître-autel monte le ululement aigu de flageolets creusés dans des fémurs. Les bruits de la foule s'amortissent en un silence qui n'est ponctué que de temps à autre par une expression bestiale de joie ou d'angoisse d'une violence trop sauvage pour être réprimée. Les prêtres se mettent à psalmodier en contre-chant.

DEMI CHŒUR I

Voici l'heure,

DEMI-CHŒUR II

Car Bélial est impitoyable,

DEMI-CHŒUR I

L'heure de la fin du Temps,

DEMI-CHŒUR II

Dans le chaos du désir.

DEMI-CHŒUR I

Voici l'heure,

DEMI-CHŒUR II

Car Bélial est dans votre sang,

DEMI-CHŒUR I

L'heure de la naissance en vous,

DEMI-CHŒUR II

Des Autres, des Étrangers,

DEMI-CHŒUR I

De la Démangeaison, de l'Herpès,

DEMI-CHŒUR II

Du Ver protubérant.

DEMI-CHŒUR I

Voici l'heure,

DEMI-CHŒUR II

Car Bélial vous hait,

DEMI-CHŒUR I

L'heure de la mort de l'Ame,

DEMI-CHŒUR II

Où la Personne doit périr,

DEMI-CHŒUR I

Condamnée par le désir,

DEMI-CHŒUR II

Et le plaisir est le bourreau;

DEMI-CHŒUR I

L'heure du triomphe

DEMI-CHŒUR II

Total de l'Ennemi,

DEMI-CHŒUR I

Où le Babouin devient le maître,

DEMI-CHŒUR II

Afin que puissent être engendrés des monstres.

DEMI-CHŒUR I

Que soit faite non pas votre volonté, mais la Sienne,

DEMI-CHŒUR II

Afin que vous soyez tous perdus à jamais.

De la foule s'élève un *Amen* bruyant et unanime.

« Que Sa malédiction soit sur vous! » psalmodie l'Archi-Vicaire de sa voix de fausset, puis il recule jusqu'au fond du sanctuaire et monte sur le trône qui se dresse à côté de l'autel. De dehors nous entendons des cris confus qui deviennent de plus en plus bruyants, et le sanctuaire est soudain envahi par une foule de fidèles déchaînés. Ils se précipitent vers l'autel, s'arrachent mutuellement leurs tabliers, qu'ils jettent en un tas qui grossit au pied du trône de l'Archi-Vicaire. NON, NON, NON, – et pour chaque NON, il y a un cri triomphal de « oui », suivi d'un geste sans équivoque vers la personne de sexe opposé la plus rapprochée.

Dans le lointain, les prêtres psalmodient sans arrêt d'une voix monotone : « Non pas votre volonté, mais la Sienne, afin que vous soyez tous perdus à jamais. »

Premier plan du Pr Poole qui observe les événements d'un angle de l'oratoire.

Cadrage sur la foule; un visage après l'autre, inconscient, extatique, apparaît dans le champ et disparaît. Et voici, soudain, le visage de Loola – les yeux brillants, les lèvres entrouvertes, les fossettes follement vivantes. Elle tourne la tête, elle aperçoit le Pr Poole.

« Alfie! » s'écrie-t-elle.

Le ton de sa voix et son expression suscitent une réponse également chargée de ravissement.

« Loola! »

Ils s'élancent l'un vers l'autre pour une étreinte passionnée. Des secondes s'écoulent. Filant comme de la vaseline, les accents de l'Enchantement du Vendredi Saint, dans *Parsifal,* se font entendre sur la bande son.

Puis les visages se séparent, la caméra recule.

« Vite, vite! »

Loola le saisit par le bras et l'entraîne vers l'autel.

« Le tablier », dit-elle.

Le Pr Poole abaisse son regard sur le tablier puis, rougissant aussi intensément que le NON qui y est brodé, il détourne les yeux.

« Cela semble si... si peu convenable », dit-il.

Il étend la main, la retire, puis change d'avis une fois de plus. Prenant un coin du tablier entre le pouce et l'index, il lui imprime deux petites saccades que leur faiblesse laisse inefficaces.

« Plus fort », s'écrie-t-elle, « beaucoup plus fort! »

Avec une violence presque frénétique, – car ce n'est pas seulement le tablier qu'il arrache, c'est aussi l'influence de sa mère et toutes ses inhibitions, toutes les conventions parmi lesquelles il a été élevé, – le Pr Poole obéit. Les points de couture cèdent plus facilement qu'il n'avait escompté et il manque choir à la renverse. Reprenant son équilibre, il reste là tout penaud, à regarder le petit morceau de linge ouvré qui représente le Septième Commandement, puis le visage rieur de Loola, et de nouveau l'interdiction vermeille. Va-et-vient rapide de l'objectif : NON, les fossettes, NON, les fossettes, NON...

« Oui, lance triomphalement Loola. Oui! »

Lui arrachant de la main le tablier, elle le jette au pied du trône. Puis, avec un « oui » suivi d'un autre « oui », elle enlève d'une saccade vive les pièces qu'elle a sur la poitrine et, se tournant vers l'autel, fait sa révérence au Cierge.

Plan moyen rapproché, pris de derrière Loola faisant sa génuflexion. Tout à coup, un homme assez âgé, à la barbe grise, s'élance avec agitation dans le plan, arrache les NON jumeaux du fond de pantalon d'étoffe grossière de Loola, et commence à l'entraîner vers la porte du sanctuaire.

Lui décochant une gifle et une poussée vigoureuse, Loola s'échappe et, pour la seconde fois, se jette dans les bras du Pr Poole.

« Oui? » murmure-t-elle.

Et c'est avec force qu'il répond « oui »!

Ils s'embrassent, échangent un sourire de ravissement, puis se dirigent vers l'obscurité qui règne au-delà de la porte coulissante. Au moment où ils passent devant le trône, l'Archi-Vicaire se penche et, souriant ironiquement, donne au Pr Poole une petite tape sur l'épaule.

« Et ma jumelle de marine? » dit-il.

Fondu enchaîné sur une scène nocturne d'ombres noires comme de l'encre et d'étendues de clair de lune. Dans le fond se dresse la masse en ruine du Musée du Comté de Los Angeles. Amoureusement enlacés, Loola et le Pr Poole pénètrent dans le plan, puis s'enfoncent dans l'obscurité impénétrable. Des silhouettes d'hommes poursuivant des femmes, ou de femmes se jetant sur des hommes, apparaissent un instant et disparaissent. Sur la musique de l'Enchantement du Vendredi Saint, nous entendons un chœur, qui va *crescendo* et *decrescendo,* de grognements et de gémissements, d'exclamations obscènes et de longues plaintes de jouissance portée à son paroxysme.

LE RÉCITANT

Voyez les oiseaux. Quelle délicatesse dans leurs amours, quelle chevalerie du temps jadis! Car, bien que les hormones produites à l'intérieur du corps de la poule reproductrice la prédisposent à l'émotion sexuelle, l'effet n'en est ni aussi intense ni d'une durée aussi brève que celui des hormones ovariennes dans le sang des mammifères femelles au cours de l'œstre. En outre, pour des raisons évidentes, l'oiseau mâle n'est pas en état de satisfaire de force ses désirs auprès d'une poule non consentante. D'où la prédominance, chez les oiseaux mâles, d'un plumage brillant et d'un instinct de parade amoureuse. Et d'où l'absence de ces choses charmantes chez les mammifères mâles. Car là où, comme chez les mammifères, les désirs amoureux de la femelle et sa séduction pour le sexe mâle sont entièrement déterminés par des moyens chimiques, quel besoin y a-t-il de beauté masculine et des raffinements d'une cour préliminaire?

Chez les humains, chacun des jours de l'année est, en puissance, la saison des amours. Les jeunes femmes ne sont pas prédestinées chimiquement, pendant quelques jours, à recevoir les avances du premier mâle qui se présente. Leur corps fabrique des hormones à dose suffisamment faible pour laisser même à celles d'entre elles qui ont le plus de tempérament une certaine liberté de choix. Voilà pourquoi, à la différence des autres mammifères, ses confrères, l'homme a toujours courtisé la femme. Mais maintenant, les rayons gamma ont changé tout cela. Les schémas héréditaires de la conduite physique et mentale de l'homme ont reçu une forme nouvelle. Grâce au Triomphe suprême de la Science moderne, les manifestations nouvelles sont devenues saisonnières, la poésie de l'amour a été absorbée par l'œstre, et l'obligation chimique de la femelle à s'accoupler a aboli la cour, la chevalerie, la tendresse, l'amour lui-même.

A ce moment, une Loola radieuse et un Pr Poole passablement ébouriffé sortent de l'ombre. Un mâle solidement bâti, temporairement sans compagne, pénètre à grands pas dans le champ de la caméra. En apercevant Loola, il s'arrête. Sa bouche s'ouvre, ses yeux s'écarquillent, il halète lourdement.

Le Pr Poole jette un coup d'œil à l'étranger, puis se tourne timidement vers sa compagne.

« Je crois qu'il serait bon de nous en aller par ici... »

Sans dire un mot, l'étranger s'élance, lui donne une poussée qui l'envoie rouler à terre et prend Loola dans ses bras. Elle résiste un instant, puis les produits chimiques qu'elle a dans le sang lui imposent leur Impératif catégorique et elle cesse de se débattre.

Avec un bruit semblable à celui d'un tigre à l'heure du repas, l'étranger la soulève et l'emporte dans l'ombre.

Le Pr Poole, qui a eu le temps de se remettre debout, esquisse un mouvement comme pour le suivre, assouvir sa vengeance, effectuer le sauvetage de la victime en détresse. Puis une combinaison d'appréhension et de pudeur l'incite à ralentir le pas. S'il avance, Dieu sait de quoi il pourra être le spectateur indiscret. Et puis cet homme, cette lourde masse velue d'os et de muscles... Tout bien réfléchi, peut-être serait-il plus sage... Il s'arrête et reste debout, hésitant, ne sachant que faire. Soudain, deux belles et jeunes mulâtresses sortent en courant du Musée du Comté et lui jettent simultanément leurs bras basanés autour du cou, en lui couvrant le visage de baisers.

« Grand, beau bâtard de mon cœur », murmurent-elles à l'unisson d'une voix enrouée.

Pendant un instant, le Pr Poole hésite entre le souvenir inhibiteur de sa mère, la fidélité à Loola, prescrite par tous les poètes et romanciers, et les Faits de la Vie, chauds et élastiques. Au bout d'environ quatre secondes de conflit moral, il choisit, comme nous pouvions nous y attendre, les Faits de la Vie. Il sourit, il rend les baisers, il murmure des paroles qui, si elles les entendaient, feraient bondir Miss Hook et manqueraient de peu tuer sa mère, il entoure chacun des corps d'un de ses bras, caresse chacune des poitrines avec des mains qui n'ont jamais rien fait de semblable, sinon en imagination inavouable. Les bruits de l'accouplement montent à un bref apogée, puis décroissent. Pendant quelques instants il y a un silence total.

Accompagnés d'une suite d'Archimandrites, de Familiers, de Prêtres et de Postulants, l'Archi-Vicaire et le Patriarche de Pasadena avancent à pas majestueux dans le champ de la caméra. En apercevant le Pr Poole et les mulâtresses, ils s'arrêtent. Avec une grimace d'aversion dégoûtée, le Patriarche crache par terre. L'Archi-Vicaire, plus tolérant, se contente de sourire ironiquement.

« Professeur Poole! » appelle-t-il de sa curieuse voix de fausset.

D'un air coupable, comme s'il avait entendu sa mère l'appeler, le Pr Poole laisse retomber ses mains si bien occupées, et, se tournant vers l'Archi-Vicaire, essaie de prendre une expression d'innocence dégagée. « Ces petites, veut sous-entendre son sourire, qui sont-elles, ces petites? Ma foi, je ne sais même pas leur nom. Nous parlions simplement des cryptogames supérieurs, rien de plus. »

« Grand, beau bâtard de mon... », commence une voix enrouée.

Le Pr Poole toussote bruyamment et pare l'étreinte qui accompagne ces paroles.

« Ne vous gênez pas pour nous », dit l'Archi-Vicaire

aimablement. « Après tout, la Fête de Bélial n'arrive qu'une fois par an. »

S'approchant, il touche les cornes dorées de sa tiare, puis pose les mains sur la tête du Pr Poole.

« Ç'a été chez vous », dit-il avec une soudaine onction professionnelle, « une conversion quasi miraculeuse de rapidité. Oui, quasi miraculeuse. » Puis, changeant de ton : « A propos » », ajoute-t-il, « nous avons eu quelques ennuis avec vos amis de Nouvelle-Zélande. Cet après-midi, quelqu'un a aperçu un groupe d'entre eux à Beverly Hills. Je pense qu'ils étaient à votre recherche.

– Oui, je suppose.

– Mais ils ne vous trouveront pas », dit l'Archi-Vicaire d'un ton jovial. « L'un de nos Inquisiteurs est allé s'occuper d'eux avec un détachement de Familiers.

– Que s'est-il passé? » questionne le Pr Poole saisi d'inquiétude.

« Nos hommes ont dressé une embuscade, lancé une volée de flèches. Un a été tué, et les autres ont pris la fuite avec les blessés. Je ne crois pas que nous serons importunés de nouveau. Mais, pour plus de sûreté... » Il fait signe à deux de ses suivants. « Écoutez », dit-il. « Il n'y aura pas de sauvetage, et il n'y aura pas d'évasion. Je vous en tiendrai responsables, vous avez compris? »

Les deux Postulants inclinent la tête.

« Et maintenant », dit l'Archi-Vicaire se retournant vers le Pr Poole, « nous allons vous laisser en paix procréer tous les petits monstres que vous pourrez. »

Il cligne de l'œil, tapote la joue du Pr Poole, puis prend le bras du Patriarche et, accompagné de sa suite, s'en va.

Le Pr Poole regarde leurs silhouettes qui s'éloignent, puis jette un coup d'œil inquiet sur les deux Postulants qui ont été désignés pour le surveiller.

Des bras basanés lui sont jetés autour du cou.

« Grand, beau bâtard de...

– Non, je vous en prie! Pas en public! Pas avec ces hommes à proximité!

– Quelle différence cela fait-il? »

Et, avant qu'il ait le temps de répondre, enroués, musqués, basanés, les Faits de la Vie l'enserrent de nouveau et, dans une étreinte compliquée, pareil à quelque Laocoon mi-résistant, mi-consentant et ravi, il est entraîné dans l'ombre. Avec une expression de dégoût, les deux Postulants crachent simultanément.

LE RÉCITANT

L'ombre était nuptiale, auguste et solennelle[1].

Il est interrompu par une explosion de miaulements frénétiques de chats en chaleur.

LE RÉCITANT

Quand je contemple les étangs de mon jardin[2],
(Et non seulement du mien, car tout jardin est percé
De trous d'anguilles et de lunes reflétées), *il me semble*
Voir une Chose armée d'un râteau qui a l'air,
Sortant de la vase, de l'immanence
d'entre les anguilles du ciel, *de me décocher des coups –*
A Moi, le sacré, Moi, le divin! Et pourtant,
Comme une conscience coupable est pénible! Combien
Pénible, au surplus, une conscience non coupable!
Qu'y a-t-il d'étonnant à ce que l'horreur des étangs
Nous attire vers le râteau? Et la Chose frappe,
Et moi, la Personne inquiète, dans la boue

1. Vers emprunté à *Booz endormi (la Légende des siècles)* de Victor Hugo.
2. Extrait de *The Duchess of Malfi* (la Duchesse de Malfi) – V. v. 5. – de John Walster (1580?-1625?).

Ou dans le clair de lune liquide, c'est d'un cœur reconnaissant
Que j'en trouve d'autres que moi qui ont cet être
Aveugle ou rayonnant.

Fondu enchaîné sur un plan moyen du Pr Poole endormi sur le sable accumulé par le vent au pied d'un haut mur de béton. A six mètres de là, l'un de ses gardiens est également endormi. L'autre est absorbé par la lecture d'un exemplaire ancien de *Forever Amber* [1]. Le soleil est déjà haut dans le ciel, et un premier plan révèle un petit lézard vert trottinant sur l'une des mains allongées du Pr Poole. Il ne bouge pas, mais reste étendu comme s'il était mort.

LE RÉCITANT

Et ceci aussi, c'est l'être béat de quelqu'un qui, bien certainement, n'est pas Alfred Poole, Docteur-ès-Sciences. Car le sommeil est l'une des conditions préalables de l'Incarnation, l'instrument primordial de l'immanence divine. Dormant, nous cessons de vivre, afin que nous puissions être vécus (quelle bénédiction!) par quelque Autre sans nom, qui profite de cette occasion pour rendre la santé à l'esprit et apporter la guérison au corps maltraité et tourmenté par lui-même.

Depuis le petit déjeuner jusqu'à l'heure de vous mettre au lit, vous pouvez faire tout ce qui est en votre pouvoir pour outrager la Nature et nier le fait de votre Essence éternelle. Mais même le singe le plus acharné finit par se lasser de ses tours et est contraint de dormir. Et, pendant qu'il dort, la Compassion intérieure le préserve, bon gré, mal gré, du suicide que, dans ses heures de veille, il a tenté si frénétiquement de commettre. Puis le soleil se lève à

1. Roman à très gros tirage, dont une traduction française a été publiée sous le titre de *Ambre. (N.d.T.)*

nouveau, et notre singe s'éveille une fois de plus à son propre moi et à la liberté de sa volonté personnelle – à une nouvelle journée pour jouer ses tours ou, s'il le veut, commencer à connaître son moi, faire les premiers pas vers sa libération.

Des éclats de rire féminins surexcités coupent la parole au Récitant. Le dormeur s'agite, et, après une seconde fusée d'éclats de rire plus bruyante, se réveille en sursaut et se dresse sur son séant, regardant autour de lui, tout hébété, ne sachant plus où il est. De nouveau, ce rire. Il tourne la tête en direction du bruit. Dans un plan général, à partir de l'endroit où il se trouve, nous voyons ses deux amies basanées de la veille au soir apparaître à toute vitesse de derrière une dune de sable et s'élancer dans les ruines du Musée du Comté. Sur leurs talons, dans un silence concentré, court le Chef. Ils disparaissent tous les trois.

Le Postulant qui dormait se réveille et se tourne vers son compagnon.

« Qu'est-ce que c'est? » interroge-t-il.

« La même chose que d'habitude », répond l'autre sans lever les yeux de *Forever Amber*.

Tandis qu'il parle, des cris aigus résonnent dans les salles caverneuses du Musée. Les Postulants se dévisagent en silence, puis crachent simultanément.

Cadrage sur le Pr Poole.

« Mon Dieu! » dit-il à haute voix, « mon Dieu! » Il se cache le visage dans les mains.

LE RÉCITANT

Lâchez, dans la satiété de ce lendemain matin, une conscience rongeante et les principes appris devant les genoux d'une mère – ou, assez fréquemment, en travers de ceux-ci (la tête en bas et les pans de la chemise bien relevés), au cours de fessées méritées, administrées avec tristesse et dans un esprit de dévotion, mais dont on se souvient, chose assez ironique, comme prétexte et accompagnement d'innombrables rêveries érotiques, chacune étant congrûment suivie de son remords, et chaque remords apportant avec soi l'idée de châtiment et toutes les sensualités qui s'ensuivent. Et ainsi de suite, indéfiniment. Donc, comme je le disais, lâchez ceux-ci dans celle-là, et le résultat pourra facilement être une conversion religieuse. Mais une conversion à quoi? Connaissant le moins ce dont il est le plus assuré, notre pauvre ami n'en sait rien. Et voici venir à peu près la dernière personne dont il s'attendrait qu'elle l'aide à le découvrir.

Au moment où le Récitant prononce cette dernière phrase, Loola pénètre dans le plan.

« Alfie! » s'écrie-t-elle joyeusement. « Je vous cherchais. »

Bref cadrage sur les deux Postulants qui la dévisagent un instant avec toute l'aversion de la continence imposée, puis se détournent pour expectorer.

Cependant, après un bref regard lancé à ces « linéaments du désir satisfait », le Pr Poole détourne les yeux d'un air coupable.

« Bonjour », dit-il sur un ton de politesse cérémonieuse. « J'espère que vous... que vous avez bien dormi? »

Loola s'assied à côté de lui, ouvre le sac de cuir qu'elle porte en bandoulière et en tire la moitié d'un pain et cinq ou six grosses oranges.

« Personne ne peut songer à faire grand-chose comme cuisine ces jours-ci », explique-t-elle. « C'est tout bonnement un long pique-nique, jusqu'à ce que recommence la saison froide.

– Certes, certes », dit le Pr Poole.

« Vous devez avoir terriblement faim », poursuit-elle, « après la soirée d'hier. »

Les fossettes sortent de leur cachette, tandis qu'elle lui sourit.

Tout brûlant et rougissant d'embarras, le Pr Poole se hâte d'essayer de changer le sujet de la conversation.

« Ce sont là des oranges magnifiques », dit-il. « En Nouvelle-Zélande, elles ne réussissent pas vraiment bien, sauf dans l'extrême...

– Tenez! » dit Loola, lui coupant la parole.

Elle lui tend un gros morceau de pain, s'en casse un autre pour elle-même et y mord avec des dents blanches et vigoureuses.

« C'est bon », dit-elle, la bouche pleine. « Pourquoi ne mangez-vous pas? »

Le Pr Poole, qui se rend compte qu'il a effectivement une faim de loup mais qui répugne, à cause du décorum, à l'admettre trop ouvertement, mordille délicatement son croûton.

Loola se pelotonne contre lui et appuie la tête contre son épaule.

« Ç'a été agréable, Alfie, dites? » Elle croque une autre bouchée de pain et, sans attendre qu'il réponde, elle poursuit : « Plus agréable qu'avec aucun des autres. C'est votre avis, aussi? » Elle lève vers lui des yeux chargés de tendresse.

Premier plan de l'expression d'extrême malaise moral du Pr Poole.

« Alfie! » s'écrie-t-elle, « qu'est-ce qu'il y a?

– Peut-être vaudrait-il mieux », parvient-il finalement à dire, « que nous parlions d'autre chose. »

Loola se redresse, et le dévisage quelques secondes avec attention et en silence.

« Vous pensez trop », dit-elle enfin. « Il ne faut pas penser. Si on pense, ça cesse d'être agréable. » Son visage perd soudain son air rayonnant. « Si on pense », poursuit-elle à mi-voix, « c'est terrible, terrible. C'est une chose terrible de tomber aux mains du Mal vivant. Quand je me rappelle ce qu'ils ont fait à Polly et à son bébé... »

Elle frissonne, ses yeux s'emplissent de larmes, et elle se détourne.

LE RÉCITANT

De nouveau, ces larmes, ces symptômes de personnalité, – leur vue suscite une sympathie qui est plus forte que le sentiment de culpabilité.

Oubliant les Postulants, le Pr Poole attire Loola à lui et, avec des murmures, avec les caresses dont on calme un enfant qui pleure, il essaie de la consoler. Il y réussit si bien qu'au bout d'une minute ou deux elle reste immobile au creux de son bras. Avec un soupir de bonheur, elle ouvre les yeux, les lève vers lui et sourit avec une expression de tendresse, à laquelle les fossettes ajoutent un soupçon d'espièglerie formant un contraste enchanteur.

« Voilà ce dont j'ai toujours rêvé!

– C'est vrai?

– Mais cela ne s'est jamais produit, cela n'a jamais *pu* se produire. Jamais, tant que vous n'étiez pas venu, vous... » Elle lui caresse la joue. « Je regrette que votre barbe pousse », ajoute-t-elle. « Vous allez ressembler à tous les autres. Mais vous n'êtes pas comme eux, vous êtes tout à fait différent.

– Pas si différent que ça », dit le Pr Poole.

Il se penche et l'embrasse sur les paupières, sur la gorge, sur la bouche – puis recule et la contemple avec une expression de masculinité triomphante.

« Pas différent de cette façon-là », précise-t-elle. « Mais différent, de cette manière-ci. » Elle lui tapote de nouveau la joue. « Vous et moi, assis ensemble à bavarder, heureux parce que vous êtes vous et que je suis moi. Ça n'arrive pas, ici. Sauf... sauf... » Elle s'interrompt. Son visage se rembrunit. « Savez-vous ce qui arrive aux gens qui sont des Chauds? » murmure-t-elle.

Cette fois, c'est au tour du Pr Poole de protester contre un excès de pensée. Il a recours à l'action pour renforcer ses paroles.

Plan rapproché de l'étreinte. Puis cadrage sur les deux Postulants, qui contemplent avec dégoût ce spectacle.

Tandis qu'ils crachent, un autre Postulant pénètre dans le plan.

« Ordre de Son Éminence », dit-il, faisant le signe des cornes. « Ce service est fini. Il faut que vous alliez rendre compte au Q. G. »

Fondu enchaîné sur le *Canterbury*. Un marin blessé, avec une flèche encore fichée dans l'épaule, est hissé dans une chaise en cordages de la baleinière sur le pont de la goélette. Sur le pont sont étendues deux autres victimes du tir à l'arc des Californiens, – Le Dr Cudworth, avec une blessure à la jambe gauche, et Miss Hook. Celle-ci a une flèche enfoncée profondément dans le flanc droit. Le médecin se penche sur elle avec un air grave.

« Morphine », dit-il à son infirmier. « Puis nous la descendrons à l'infirmerie aussi vite que possible... »

Pendant ce temps, des ordres ont été lancés et nous entendons soudain le bruit du moteur auxiliaire et le cliquetis de la chaîne d'ancre qui s'enroule sur le cabestan.

Ethel Hook ouvre les yeux et regarde autour d'elle. Une expression de détresse apparaît sur son visage pâle.

« Vous n'allez pas partir et le laisser là? » dit-elle. « Mais vous ne pouvez pas, vous ne pouvez pas! » Elle essaie de se soulever de la civière; mais le mouvement la fait tellement souffrir qu'elle retombe en arrière avec un gémissement.

« Calmez-vous, calmez-vous », dit le médecin d'un ton apaisant, en lui nettoyant le bras avec de l'alcool.

« Mais il est peut-être encore vivant », proteste-t-elle faiblement. « Ils ne peuvent pas l'abandonner, ils ne peuvent pas renier leur responsabilité à son égard.

– Ne bougez pas », dit le médecin et, prenant la seringue des mains de son infirmier, il pique l'aiguille dans la chair.

Le cliquetis de la chaîne d'ancre s'enfle crescendo tandis que nous passons en fondu enchaîné à Loola et au Pr Poole.

« J'ai faim », dit Loola en se redressant.

Allongeant le bras vers son sac, elle en tire ce qui reste du pain, le rompt en deux, tend le plus gros morceau au Pr Poole et enfonce les dents dans l'autre. Elle finit sa bouchée et est sur le point d'en entamer une autre, lorsqu'elle change d'avis. Se tournant vers son compagnon, elle lui prend la main et la baise.

« C'est pourquoi, ça? » demande-t-il.

Loola hausse les épaules.

« Je ne sais pas. J'ai eu soudain envie de le faire. » Elle mange encore du pain puis, après un silence méditatif, se tourne vers lui de l'air de quelqu'un qui vient de faire une découverte importante et inattendue.

« Alfie », annonce-t-elle, « je crois que je n'aurai jamais envie de dire Oui à personne d'autre que vous. »

Profondément ému, le Pr Poole se penche, prend sa main et la presse sur son cœur.

« J'ai l'impression que je viens seulement de découvrir ce qu'est la vie », dit-il.

« Moi aussi. »

Elle s'appuie contre lui et, comme un avare irrésistiblement poussé à compter une fois encore son trésor, le Pr Poole passe ses doigts dans les cheveux de Loola, séparant l'une de l'autre les mèches épaisses, soulevant une boucle et la laissant retomber sans bruit.

LE RÉCITANT

Et ainsi, par la dialectique du sentiment, ces deux-là ont redécouvert pour eux-mêmes cette synthèse du chimique et du personnel, auquel nous donnons les noms de monogamie et d'amour romanesque. Dans son cas à elle, c'est l'hormone qui excluait la personne; dans son cas à lui, c'est la personne qui ne pouvait s'accorder avec l'hormone. Mais il y a maintenant l'amorce d'une plus grande harmonie.

Le Pr Poole fouille dans sa poche et en tire le petit volume qu'il a sauvé hier de la fournaise. Il l'ouvre, le feuillette, et se met à lire à haute voix :

Une chaude fragrance semble émaner de sa robe légère,
De sa chevelure dénouée; et quand une lourde boucle
Se déroule au vent de sa course,
Ce parfum semble imprégner la brise;
Et dans l'âme s'exhale une odeur sauvage
Échappant à la raison, comme une rosée brûlante
Qui fond au cœur d'un bouton de fleur glacé.

– Qu'est-ce que c'est? » interroge Loola.

« Toi! » Il se penche et dépose un baiser sur ses cheveux : « Et dans l'âme s'exhale une odeur sauvage échappant à la raison », murmure-t-il. Et il répète : « Dans l'âme.

– L'âme, qu'est-ce que c'est? » demande Loola.

« Ma foi... » Il hésite; puis, décidant de laisser à Shelley le soin de donner la réponse, il reprend sa lecture.

Voyez-la se dresser, forme mortelle revêtue
D'amour, de vie, de beauté, de divinité
Et de mouvement qui peut changer mais non mourir,
Image d'une brillante Éternité,
Ombre d'un rêve d'or, Splendeur
Qui laisse la troisième sphère sans pilote;
Un tendre reflet de l'éternelle Lune de l'Amour...

« Mais je n'en comprends pas un traître mot », se lamente Loola.

« Jusqu'à aujourd'hui », dit le Pr Poole en lui souriant, « jusqu'à aujourd'hui, je n'y comprenais rien, moi non plus. »

Fondu enchaîné sur l'extérieur de l'Impie des Impies, quinze jours plus tard. Plusieurs centaines d'hommes barbus et de femmes mal soignées font queue, sur deux files, attendant leur tour de pénétrer dans le sanctuaire. La caméra passe en revue la longue rangée de visages mornes et sales, puis s'arrête sur Loola et le Pr Poole, qui sont en train de franchir la porte coulissante à double battant.

A l'intérieur, tout est ombre et silence. Deux par deux, les nymphes et les satyres bondissants d'il y a quelques jours défilent en traînant les pieds devant un autel dont le cierge imposant est maintenant éclipsé par un éteignoir en fer blanc. Au pied du trône vide de l'Archi-Vicaire gît le tas des Septièmes Commandements mis au rancart. Tandis que la procession avance lentement, l'Archimandrite chargé des Mœurs publiques tend à chacun des hommes un tablier, et à chacune des femmes un tablier et quatre pièces rondes.

« Sortez par la porte latérale », répète-t-il à chacun des bénéficiaires.

Et c'est par la porte latérale, quand arrive leur tour, que sortent comme de juste Loola et le Pr Poole. Là, au soleil, une vingtaine de Postulants sont activement occupés à manier le fil et l'aiguille, pour coudre les tabliers aux ceintures, les pièces aux fonds des pantalons et au devant des chemises.

La caméra se fixe sur Loola. Trois jeunes séminaristes, vêtus de soutanes en peau de chèvre de Toggenburg [1], l'accostent au moment où elle sort à l'air libre.

Elle tend son tablier au premier, une pièce à chacun des autres. Ils se mettent simultanément au travail tous les trois, et avec une rapidité extraordinaire. NON, NON et NON.

« Tournez-vous, s'il vous plaît. »

Leur tendant les pièces qui lui restent, elle obéit; et, tandis que le spécialiste en tabliers s'éloigne pour s'occuper du Pr Poole, les autres manient l'aiguille avec tant de diligence qu'au bout d'une demi-minute elle est non moins rebutante par-derrière que vue par-devant.

« Voilà!

– Et voilà! »

---

1. Toggenburg (d'après un district du nord-est de la Suisse) : race de chèvres laitières à robe brune et bandes blanches sur le masque.

Les deux tailleurs ecclésiastiques s'écartent et révèlent un premier plan de leur travail. NON, NON. Cadrage sur les Postulants, qui expriment leurs sentiments en crachant à l'unisson, puis se tournent vers la porte du sanctuaire.

« La suivante de ces dames, s'il vous plaît. »

D'un air extrêmement abattu, les deux jeunes mulâtresses inséparables s'avancent ensemble.

Cadrage sur le Pr Poole. Muni de son tablier et le menton hérissé d'une barbe de quinze jours, il s'avance vers l'endroit où Loola l'attend.

« Par ici, s'il vous plaît », dit une voix perçante.

Ils prennent place en silence à l'extrémité d'une autre queue. Avec résignation, deux ou trois cents personnes attendent que leurs tâches leur soient assignées par l'Adjoint en Chef du Grand Inquisiteur, chargé des Travaux publics. Coiffé d'un bonnet à trois cornes et vêtu majestueusement d'une soutane blanche en peau de chèvre de Saanen [1], le grand homme est assis, avec deux Familiers à deux cornes, à une grande table sur laquelle sont posées plusieurs boîtes à fiches en acier, récupérées dans les bureaux de la Compagnie d'Assurances sur la vie « La Providentielle ».

Une série de plans en montage fait voir, en vingt secondes, la lente progression en une heure de Loola et du Pr Poole vers la source de l'Autorité. Et voici qu'ils ont enfin atteint leur destination. Premier plan de l'Adjoint spécial du Grand Inquisiteur au moment où il dit au Pr Poole de se présenter au Directeur du Ravitaillement, à son bureau dans les ruines du Bâtiment d'Administration de l'Université de la Californie du Sud. Ce gentleman fera le nécessaire pour que le botaniste ait à sa disposition un laboratoire, un terrain pour ses cultures expérimentales, et un maximum de quatre ouvriers pour effectuer les travaux manuels.

---

1. Saanen est une localité du sud-ouest de la Suisse d'où est originaire une race de chèvres laitières sans cornes et à robe blanche ou claire aux poils ras.

« Jusqu'à quatre ouvriers », répète le prélat. « Bien qu'en temps ordinaire... »

Sans y être autorisée, Loola s'immisce dans la conversation.

« Oh! permettez-moi d'être un des ouvriers », supplie-t-elle. « Je vous en prie! »

L'Adjoint spécial du Grand Inquisiteur la toise d'un long regard foudroyant, après quoi il se tourne vers ses Familiers.

« Et quel est, dites-moi, ce jeune vase de l'Esprit d'Impiété? » interroge-t-il.

L'un des Familiers extrait du casier la fiche de Loola et fournit les renseignements demandés. Agé de dix-huit ans et jusqu'à présent stérile, le vase en question a fréquenté au cours d'une saison interdite un Chaud notoire, qui a été par la suite liquidé alors qu'il tentait d'échapper à l'arrestation. Toutefois, rien n'a été démontré à charge dudit vase et sa conduite a été généralement satisfaisante. Ledit vase a été employé, au cours de l'année précédente, comme mineur de cimetière et doit être employé de même pendant la saison à venir.

« Mais je veux travailler avec Alfie », proteste-t-elle.

« Vous paraissez oublier », dit le premier Familier, « que c'est ici une Démocratie...

– Une Démocratie », ajoute son collègue, « dans laquelle tout prolétaire jouit d'une parfaite liberté.

– La vraie liberté.

– Pour exécuter librement la volonté du Prolétariat.

– Et *vox proletariatus, vox Diaboli.*

– Étant bien entendu que, *vox Diaboli, vox Ecclesiae.*

– Et nous ici, nous sommes les représentants de l'Église.

– Alors, vous voyez.

– Mais j'en ai assez des cimetières », insiste la jeune femme. « J'aimerais déterrer des choses vivantes, pour changer. »

Il y a un bref silence. Puis l'Adjoint spécial du Grand Inquisiteur se baisse et, de dessous sa chaise, il tire un très gros nerf de bœuf consacré qu'il pose devant lui sur la table. Après quoi il se tourne vers ses subordonnés.

« Reprenez-moi si je me trompe », dit-il, « mais j'ai l'impression que tout vase qui refuse la liberté prolétarienne est passible de vingt-cinq coups pour chaque délit de ce genre. »

Il y a un nouveau silence. Pâle et les yeux dilatés, Loola contemple l'instrument de torture, puis se détourne, s'efforce de parler, s'aperçoit qu'elle n'a plus de voix et, déglutissant de son mieux, fait une nouvelle tentative.

« Je ne veux pas résister », parvient-elle à articuler. « Je *veux* réellement être libre.

– Libre de continuer à miner des cimetières? »

Elle fait un signe de tête affirmatif.

– Voilà un bon vase! » dit l'Adjoint spécial.

Loola se tourne vers le Pr Poole, et, l'espace de quelques secondes, ils se regardent les yeux dans les yeux, sans parler.

« Au revoir, Alfie », murmure-t-elle enfin.

« Au revoir, Loola ».

Deux secondes s'écoulent encore, puis elle baisse les yeux et s'éloigne.

« Et maintenant », dit l'Adjoint spécial au Pr Poole, « revenons aux affaires sérieuses. En temps ordinaire, comme je le disais, vous seriez censé ne pas utiliser plus de deux ouvriers. Suis-je clair? »

Le Pr Poole incline la tête.

Fondu enchaîné sur un laboratoire dans lequel les étudiants de seconde année de l'Université de la Californie du Sud faisaient jadis leurs études de biologie élémentaire. Il y a les accessoires habituels : éviers et tables, becs Bunsen et balances, cages pour souris et cobayes, cuves en verre pour têtards. Mais tout est recouvert d'une épaisse couche de poussière et, disséminés çà et là dans la salle, gisent une demi-douzaine de squelettes auxquels sont encore associés les restes effrités de pantalons et de tricots, de bas nylon, de bijoux fantaisie et de soutiens-gorge.

La porte s'ouvre et le Pr Poole entre, suivi du Directeur du Ravitaillement, homme d'un certain âge à barbe grise, vêtu d'un pantalon de gros drap, du tablier réglementaire, et d'une jaquette qui a dû appartenir jadis au maître d'hôtel anglais d'un directeur de studio de cinéma du XXe siècle.

« Un peu sale, je le crains », dit le Directeur d'un ton d'excuse. « Mais je ferai enlever les ossements cet après-midi et, demain, les vases de ménage enlèveront la poussière des tables et laveront les planchers.

– Fort bien », dit le Pr Poole, « fort bien. »

Fondu enchaîné sur la même pièce, huit jours plus tard. Les squelettes ont été enlevés et, grâce aux vases de ménage, les planchers, les murs et les meubles sont presque propres. Le Pr Poole reçoit trois visiteurs distingués. Couronné de ses quatre cornes et vêtu de l'habit brun anglo-nubien de la Société de Moloch, l'Archi-Vicaire siège près du Chef qui porte l'uniforme surchargé de décorations d'un contre-amiral de la Marine des États-Unis récemment exhumé de Forest Lawn. A une distance respectueuse sur le côté et derrière les deux chefs de l'Église et de l'État est placé le Directeur du Ravitaillement, toujours déguisé en maître d'hôtel. En face d'eux, dans la pose d'un membre de l'Académie française se préparant à lire sa dernière production devant un auditoire de choix privilégié, est assis le Pr Poole.

« Commencerai-je? » demande-t-il.

Les chefs de l'Église et de l'État échangent un coup d'œil; puis ils se tournent vers le Pr Poole et donnent simultanément leur assentiment, d'un signe de tête. Il ouvre son cahier de notes et assujettit ses lunettes.

« Notes sur l'érosion du sol et la pathologie végétale dans la Californie du Sud », lit-il à haute voix. « Suivies d'un Rapport préliminaire sur la situation agricole, et d'un Plan d'action destiné à y porter remède dans l'avenir. Par Alfred Poole, Docteur ès Sciences, Professeur adjoint de Botanique à l'Université d'Auckland. »

A mesure qu'il lit, un fondu enchaîné nous amène à une

pente parmi les contreforts des montagnes de San Gabriel. Dénudé, à part un cactus çà et là, le sol pierreux s'étend, mort et mutilé sous le soleil. Un réseau de ravins qui se ramifient sillonne le versant de la colline. Certains d'entre eux sont encore aux premiers stades de l'érosion, d'autres ont creusé profondément leur chemin dans le sol. Les ruines d'une maison importante, dont la moitié s'est déjà écroulée, se dressent en équilibre instable au bord d'un de ces canyons étrangement rongés. Dans la plaine, au pied de la colline, des noyers morts émergent de la boue séchée dans laquelle des pluies successives les ont enfouis.

En fond sonore, nous entendons résonner le débit monotone de la voix du Pr Poole.

« Dans la symbiose véritable », dit-il, « il y a des rapports mutuellement profitables entre deux organismes associés. La marque distinctive du parasitisme, par contre, c'est que l'un des organismes vit aux dépens de l'autre. En fin de compte, ces rapports unilatéraux se révèlent funestes pour les deux parties; car la mort de l'hôte ne peut avoir pour résultat que la mort du parasite par lequel il a été tué. Les rapports entre l'homme moderne et la planète dont, jusqu'à une époque si récente, il se considérait comme le maître ont été ceux, non pas d'associés symbiotiques, mais du taenia et du chien contaminé, du champignon et de la pomme de terre atteinte de mildiou. »

Cadrage sur le Chef. Dans son nid de barbe noire et bouclée, la bouche aux lèvres rouges s'est ouverte en un bâillement énorme. En fond sonore le Pr Poole continue à lire.

« Ne tenant aucun compte du fait évident que sa dévastation des ressources naturelles aurait, à la longue, pour résultat la ruine de sa civilisation et même l'extinction de son espèce, l'homme moderne a continué, génération après génération, à exploiter la terre d'une façon telle que...

– Vous ne pourriez pas presser un peu le mouvement? » demande le Chef.

Le Pr Poole a d'abord l'air offensé. Puis il se rappelle qu'il est un captif condamné en liberté provisoire parmi les sauvages et il se force à arborer un sourire nerveux.

« Peut-être vaudrait-il mieux », dit-il, « passer tout de suite à la partie qui traite de la Pathologie végétale.

– Ça m'est égal », dit le Chef, « pourvu que vous gaziez un peu.

– L'impatience », dit sentencieusement l'Archi-Vicaire de sa voix de fausset, « est l'un des vices préférés de Bélial. »

Le Pr Poole, entre-temps, a tourné trois ou quatre feuillets, et est prêt à continuer.

« Étant donné l'état existant du sol, le rendement à l'are serait anormalement bas, même si les principales plantes alimentaires étaient saines. Mais elles ne le sont pas. Après avoir vu les récoltes sur pied, après avoir passé l'inspection des graines, des fruits et des tubercules en stock, après avoir examiné des spécimens botaniques au moyen d'un microscope presque intact, datant d'avant la Chose, j'ai acquis la certitude qu'il n'y a qu'une seule façon d'expliquer le nombre et la variété des maladies des plantes qui sévissent présentement dans la région, savoir : la contamination voulue des récoltes au moyen de bombes a champignons, d'aérosols chargés de bactéries et de dispersion d'espèces nombreuses d'aphidés et d'autres insectes porteurs de virus. Comment expliquer autrement la fréquence et la virulence extrême de *Giberella saubinettii* et de *Puccinia graminis?* De *Phytophthora infestans* et de *Synchitrium endobioticum?* De toutes les mosaïques dues à des virus? De *Bacillus amylovorus*, de *Bacillus carotovorus*, de *Pseudomonas citri*, de *Pseudomonas tumefaciens*, de *Bacterium...* »

Interrompant son exposé presque avant qu'il ait commencé, l'Archi-Vicaire lui coupe la parole.

« Et vous maintenez encore », dit-il, « que ces gens-là n'étaient pas possédés de Bélial! » Il hoche la tête. « C'est incroyable, la façon dont les préjugés peuvent rendre aveugles même les plus intelligents, les plus instruits...

– Oui, oui, tout ça, nous le savons », dit impatiemment le Chef. « Mais maintenant laissons de côté le bavardage et venons-en aux questions pratiques. Que pouvez-vous faire pour remédier à tout ça? »

Le Pr Poole s'éclaircit la gorge.

« La tâche », dit-il solennellement « sera longue et extrêmement ardue.

– Mais c'est tout de suite qu'il me faut plus de vivres », dit le Chef d'une voix impérieuse. « Il me les faut cette année même. »

Non sans appréhension, le Pr Poole est contraint de lui dire que les variétés de plantes résistant aux maladies ne peuvent être produites et éprouvées en moins de dix à douze ans. Et, d'ici là, il y a la question du terrain; l'érosion est en train de détruire le sol, il faut, à tout prix, enrayer l'érosion. Mais les travaux d'établissement de terrasses, de drainage et de terreautage sont énormes et doivent être suivis sans relâche, d'année en année. Même dans les temps anciens, alors que la main-d'œuvre et les machines étaient abondantes, les gens n'avaient pas réussi à faire ce qui était nécessaire pour conserver la fertilité du sol.

« Ce n'est pas parce qu'ils ne pouvaient pas, intervient l'Archi-Vicaire. C'est parce qu'ils ne le voulaient pas. Entre la Seconde Guerre mondiale et la Troisième Guerre mondiale ils disposaient de tout le temps et de tout l'équipement nécessaires. Mais ils ont préféré s'amuser avec la politique de la puissance, et quelles en ont été les conséquences? » Il compte les réponses sur ses doigts potelés. « Aggravation de la malnutrition pour un nombre plus grand de gens. Accroissement de l'instabilité politique. D'où nationalisme et impérialisme plus agressifs. Et, finalement, la Chose. Et pourquoi ont-ils choisi leur propre destruction? Parce que c'est là ce que voulait Bélial, parce qu'Il avait pris possession... »

Le Chef lève la main.

« Je vous en prie, je vous en prie », proteste-t-il. « Nous ne faisons pas ici un cours d'apologétique ou de diabologie naturelle. Nous essayons de *faire* quelque chose.

– Et, malheureusement, il faudra longtemps pour le faire », dit le Pr Poole.

« Combien de temps?

– Ma foi, dans cinq ans, vous pourriez constater que vous tenez tête à l'érosion. Dans dix ans, il y aurait une amélioration perceptible. Dans vingt ans, une partie de votre sol pourrait avoir retrouvé jusqu'à soixante-dix pour cent de sa fertilité d'origine. Dans cinquante ans...

– Dans cinquante ans », intervient l'Archi-Vicaire, « le taux de la difformité sera le double de ce qu'il est à présent. Et dans cent ans, le triomphe de Bélial sera complet. Ce qui s'appelle complet! » répète-t-il avec un gloussement enfantin. Il fait le signe des cornes, et se lève de sa chaise. « Mais, d'ici là, je suis d'avis que ce gentleman fasse tout ce qu'il pourra. »

Fondu enchaîné sur le Cimetière de Hollywood. Vue en *travelling* des monuments avec lesquels notre visite antérieure de la nécropole nous a déjà familiarisés.

Plan moyen rapproché de la statue de Hedda Boddy. La caméra passe de l'effigie au socle et à son épitaphe :

« ... affectueusement connue sous le nom de Chérie Numéro Un du Public. *Accroche ton chariot à une Étoile.* »

En fond sonore nous entendons le bruit d'une bêche qu'on enfonce dans le sol, puis le crépitement du sable et du gravier quand la terre est rejetée sur le côté.

La caméra recule et nous voyons Loola debout dans un trou d'un mètre de profondeur, creusant avec lassitude.

Un bruit de pas lui fait lever les yeux. Flossie, la jeune femme potelée de la séquence du début, pénètre dans le plan.

« Ça va? » interroge-t-elle.

Loola, sans parler, acquiesce d'un signe de tête et s'essuie le front d'un revers de main.

« Quand tu arriveras à la couche exploitable », poursuit la jeune femme potelée, « viens nous avertir.

– Il faudra encore au moins une heure », dit Loola d'un air sombre.

« Eh bien, ma petite, ne t'arrête pas », dit Flossie avec l'exaspérante jovialité d'une personne qui prononce un discours d'encouragement. « Mets-en un coup. Prouve-leur qu'un vase peut abattre autant de besogne qu'un homme! Si tu travailles bien, poursuit-elle d'une voix encourageante, le surveillant te permettra peut-être de garder les nylons. Regarde donc la paire que j'aie eue, moi, ce matin! »

Elle tire de sa poche le trophée convoité. A part une décoloration verdâtre autour des pointes, les bas sont en parfait état.

« Oh! » s'écrie Loola avec une admiration envieuse.

« Mais nous n'avons pas eu de chance avec les bijoux », dit Flossie, remettant les bas dans sa poche. « Rien que l'alliance et un petit bracelet tout moche. Espérons que celle-ci ne nous causera pas de déconvenue. »

Elle tapote le ventre en marbre de Paros de la Chérie Numéro Un du Public.

« Enfin, il faut que je retourne là-bas », poursuit-elle. « Nous voulons exhumer le vase qui est enterré sous cette croix en pierre rouge, – tu sais, la grande, près de l'entrée nord. »

Loola acquiesce d'un signe de tête.

« J'irai dès que j'aurai trouvé quelque chose », dit-elle.

Tout en sifflant l'air de *Quand je contemple les Cornes merveilleuses,* la jeune femme potelée sort du plan. Loola pousse un soupir, et recommence à creuser.

Très bas, une voix prononce son nom.

Elle sursaute violemment et se tourne vers la direction d'où est venu le son.

Plan moyen du Pr Poole surgissant avec prudence de derrière la statue de Rudolf Valentino.

Cadrage sur Loola.

Elle rougit, puis devient pâle comme une morte. Sa main se porte à son cœur.

« Alfie », murmure-t-elle.

Il pénètre dans le plan, saute dans la tombe à côté d'elle et, sans dire un mot, la saisit dans ses bras. Le baiser est passionné. Puis elle se cache le visage contre son épaule.

« Je croyais que je ne te reverrais plus jamais », dit-elle d'une voix prête à se briser.

« Pour qui me prenais-tu donc? »

Il l'embrasse de nouveau, puis la tient à bout de bras, et contemple son visage.

« Pourquoi pleures-tu? » interroge-t-il.

« Je ne peux pas m'en empêcher.

– Tu es encore plus jolie que je me le rappelais. »

Elle secoue la tête, incapable de parler.

« Souris, ordonne-t-il.

– Je ne peux pas.

– Souris, souris. Je veux les revoir.

– Revoir quoi?

– Souris! »

Avec effort, mais pleine d'une tendresse passionnée, Loola lève les yeux vers lui et sourit.

Dans ses joues, les fossettes sortent du long hivernage de son chagrin.

« Les voilà », s'écrie-t-il, ravi, « les voilà! »

Délicatement, comme un aveugle qui lirait Herrick [1] en caractères Braille, il lui passe un doigt sur la joue. Loola sourit avec moins d'effort, la fossette s'approfondit à son contact. Il rit de plaisir.

Au même instant, l'air sifflé de *Quand je contemple les Cornes merveilleuses* s'enfle d'un *pianissimo lointain,* en passant par un *piano,* jusqu'à un *mezzo forte.*

Une expression de terreur apparaît sur le visage de Loola.

« Vite, vite! » chuchote-t-elle.

Avec une agilité étonnante, le Pr Poole sort de la tombe, en s'aidant des pieds et des mains.

Quand la jeune femme potelée rentre dans le plan, il est appuyé, dans une attitude d'une banalité soigneusement étudiée, contre le monument de la Chérie Numéro Un du

---

1. Probablement Robert Herrick (1591-1674), pasteur et poète anglais, auteur de poésies religieuses et rustiques, de poèmes lyriques célèbres par leur musicalité et leur simplicité pastorale.

Public. En contrebas, dans la fosse, Loola creuse comme une enragée.

« J'ai oublié de te dire qu'on fait la pause pour déjeuner dans une demi-heure », commence Flossie.

Puis, apercevant le Pr Poole, elle pousse une exclamation de surprise.

« Bonjour », dit poliment le Pr Poole.

Il y a un silence. Le regard de Flossie va du Pr Poole à Loola et revient de Loola au Pr Poole.

« Qu'est-ce que vous fabriquez là, vous? » demande-t-elle d'un ton soupçonneux.

« Je me rends à Saint-Azazel », répond-il. « L'Archi-Vicaire m'a fait dire qu'il désirait me voir assister à ses trois conférences aux Séminaristes. *Bélial dans l'Histoire,* c'est le sujet.

– Vous avez choisi un drôle de chemin pour aller à Saint-Azazel.

– Je cherchais le Chef », explique le Pr Poole.

« Eh bien, il n'est pas là », dit la jeune femme potelée.

Il y a un nouveau silence.

« Dans ce cas », dit le Pr Poole, « mieux vaut que je file. Il ne faut pas que j'empêche l'une ou l'autre d'entre vous, mesdemoiselles, de vaquer à ses devoirs, ajoute-t-il avec un entrain artificiel et absolument pas convaincant. Au revoir. Au revoir. »

Il s'incline devant les deux jeunes femmes, puis, feignant une nonchalance pleine d'aisance, il s'éloigne.

Flossie le suit des yeux en silence, après quoi elle se tourne vers Loola, l'air sévère.

« Écoute donc, ma petite », commence-t-elle.

Loola s'arrête de travailler et lève les yeux du fond de la fosse.

« Qu'est-ce qu'il y a, Flossie? » interroge-t-elle avec une expression d'innocence déconcertée.

« Qu'est-ce qu'il y a? » répète l'autre d'un ton railleur. « Dis-moi, qu'est-ce qu'il y a d'écrit sur ton tablier? »

Loola abaisse son regard sur son tablier, puis le reporte sur Flossie. Elle rougit de confusion.

« Qu'est-ce qu'il y a d'écrit dessus? » insiste la jeune femme potelée.

« Non!

– Et qu'est-ce qu'il y a d'écrit sur les pièces, là?

– Non! » répète Loola.

« Et sur les autres, quand tu te retournes?

– Non!

– Non, non, non, non, non », appuie la jeune femme potelée. « Et quand la Loi dit non, elle entend que ce soit non. Tu le sais aussi bien que moi, n'est-ce pas? »

Loola confirme d'un signe de tête, sans parler.

« Dis que tu le sais », insiste l'autre. « Dis-le.

– Oui, je le sais », articule enfin Loola, d'une voix à peine perceptible.

« Bien. Alors, ne fais pas celle qui n'a pas été prévenue. Et si ce Chaud d'étranger revient jamais rôder autour de toi, préviens-moi. Je lui réglerai son compte. »

Fondu enchaîné sur l'intérieur de l'église Saint-Azazel. Jadis l'église de Notre-Dame-de-la-Guadeloupe, Saint-Azazel n'a subi que les plus superficielles des modifications. Dans les chapelles, les statues en plâtre de saint Joseph, de la Madeleine, de saint Antoine de Padoue et de sainte Rose de Lima ont simplement été badigeonnées en rouge et munies de cornes. Sur le maître-autel, rien n'a été changé, si ce n'est que le crucifix a été remplacé par une paire de cornes énormes sculptées en bois de cèdre et ornées d'une multitude de bagues, de montres-bracelets, de bracelets, de chaînes, de boucles d'oreilles et de colliers exhumés des cimetières ou trouvés parmi de vieux ossements et les restes poudreux de cassettes à bijoux.

Dans la nef de l'église, une cinquantaine de Séminaristes revêtus de soutanes en Toggenburg – plus le Pr Poole qui détonne avec sa barbe, son complet de tweed, au milieu du premier rang – sont assis, la tête penchée, tandis que du haut de la chaire l'Archi-Vicaire prononce les paroles finales de sa conférence.

« Car de même que suivant l'Ordre des Choses tous

eussent pu vivre, s'ils l'avaient désiré, de même c'est en Bélial que tous ont été, ou seront inévitablement, contraints de mourir. *Amen.* »

Il y a un long silence. Puis le Maître des Novices se lève. Dans un grand bruissement de fourrures, les Séminaristes l'imitent et se dirigent deux par deux, et avec le décorum le plus parfait, vers le portail ouest.

Le Pr Poole est sur le point de les suivre, lorsqu'il entend une voix aiguë infantile qui l'appelle par son nom.

Se retournant, il voit l'Archi-Vicaire qui lui fait signe, des marches de la chaire.

« Eh bien, comment avez-vous trouvé la conférence? » piaille le grand homme quand le Pr Poole s'approche.

« Très belle.

– Sans flatterie?

– En toute franchise et sincérité. »

L'Archi-Vicaire sourit de plaisir.

« Je suis content de vous l'entendre dire », réplique-t-il.

« J'ai particulièrement aimé ce que vous avez dit sur la religion aux XIXe et XXe siècles, – le recul de Jérémie au Livre des Juges, du personnel, et donc de l'universel, au national, et donc à l'extermination réciproque. »

L'archi-Vicaire acquiesce d'un signe de tête.

« Oui, il s'en est fallu d'un cheveu », dit-il. « S'ils s'en étaient tenus au personnel et à l'universel, ils auraient été en harmonie avec l'Ordre des Choses, et le Seigneur des Mouches aurait été flambé. Mais, heureusement, Bélial ne manquait pas d'alliés – les nations, les Églises, les partis politiques. Il s'est servi de leurs préjugés. Il a exploité leurs idéologies. Quand ils ont inventé la bombe atomique, il avait ramené les gens à l'état d'esprit où ils étaient antérieurement à l'an 900 avant Jésus-Christ.

– Et aussi », reprend le Pr Poole, « j'ai apprécié ce que vous avez dit au sujet des contacts entre l'Orient et l'Occident – sur la façon dont Il a persuadé chacun des partis de ne prendre que le pire de ce que l'autre avait à offrir. Si bien que l'Orient prend le nationalisme occidental, les armements occidentaux, le cinéma occidental et le

Marxisme occidental; l'Occident prend le despotisme oriental, les superstitions orientales, et l'indifférence orientale à l'égard de la vie individuelle. En un mot, il a fait en sorte que l'humanité tire des deux mondes ce qu'ils avaient de plus mauvais :

– Imaginez seulement qu'elle en ai tiré le meilleur, dit l'Archi-Vicaire de sa voix aiguë. Le mysticisme oriental s'assurant que la science occidentale soit convenablement utilisée; le mode de vie oriental raffinant l'énergie occidentale; l'individualisme occidental tempérant le totalitarisme oriental. » Il hoche la tête avec une pieuse horreur. « Ah! c'eût été le royaume des cieux. Heureusement, la grâce de Bélial a été plus forte que la grâce de l'Autre. »

Il a un gloussement suraigu; puis, posant la main sur l'épaule du Pr Poole, il se met à marcher avec lui vers la sacristie.

« Vous savez, Poole », dit-il, « j'en suis venu à éprouver beaucoup d'affection pour vous. »

Le Pr Poole marmotte ses remerciments embarrassés.

« Vous êtes intelligent, vous êtes cultivé, vous connaissez toutes sortes de choses que nous n'avons jamais apprises. Vous pourriez m'être fort utile et, de mon côté, je pourrais vous être utile à vous – du moins », ajoute-t-il, « si vous deveniez l'un des nôtres.

– L'un des vôtres? » répète le Pr Poole d'un air incertain.

« Oui, l'un des *nôtres.* »

La compréhension se fait jour sur un gros plan expressif du visage du Pr Poole. Il lance un « oh »! consterné.

« Je ne vous dissimulerai pas », dit l'Archi-Vicaire, « que l'opération chirurgicale que cela entraîne n'est pas absolument sans douleur ni totalement sans danger. Mais les avantages procurés par l'entrée dans le sacerdoce seraient tellement considérables qu'ils contrebalanceraient largement des risques ou incommodités insignifiantes. Nous ne devons d'ailleurs pas oublier...

– Mais, Votre Éminence... », proteste le Pr Poole.

L'archi-Vicaire lève une main grassouillette et moite.

« Un instant, je vous prie », dit-il d'un ton sévère.

Son expression est tellement menaçante que le Pr Poole se hâte de lui présenter ses excuses.

« Je vous demande pardon.

– Je vous l'accorde, mon cher Poole, je vous l'accorde. »

De nouveau l'Archi-Vicaire se fait toute amabilité et toute condescendance.

« Donc, comme je le disais », reprend-t-il, « nous ne devons pas oublier que, si vous subissiez ce que j'appellerais une conversion physiologique, vous seriez délivré de toutes les tentations auxquelles, en tant que mâle n'ayant pas subi de mutation, vous serez certainement exposé.

– Évidemment, évidemment », concède le Pr Poole, « mais je puis vous assurer...

– Là où il s'agit de tentation », dit l'Archi-Vicaire d'un ton sentencieux, « personne ne peut assurer qui que ce soit de quoi que ce soit. »

Le Pr Poole se souvient de sa récente entrevue avec Loola dans le cimetière et se sent rougir.

« N'est-ce pas là une généralisation un peu trop absolue? » dit-il, sans beaucoup de conviction.

L'Archi-Vicaire hoche la tête.

« Dans ces questions-là », dit-il, « on ne saurait jamais être trop absolu. Et permettez-moi de vous rappeler ce qu'il advient à ceux qui succombent à ces tentations. Les nerfs de bœuf et le détachement d'inhumation sont toujours prêts. Et voilà pourquoi, dans votre propre intérêt, pour votre bonheur et votre tranquillité d'esprit à venir, je vous conseille – non, je vous supplie et vous implore – d'entrer dans notre Ordre. »

Il y a un silence. Le Pr Poole déglutit péniblement.

« J'aimerais pouvoir réfléchir », dit-il enfin.

« Bien entendu, bien entendu », acquiesce l'Archi-Vicaire. « Prenez votre temps. Prenez huit jours.

– Huit jours? Je ne crois pas que je puisse me décider en huit jours.

– Prenez-en quinze », dit l'Archi-Vicaire, et, voyant que le Pr Poole continue à secouer la tête : « Prenez quatre semaines », ajoute-t-il, « prenez-en six, si vous voulez. Je ne suis pas pressé. C'est de vous seul que je me préoccupe. » Il tapote l'épaule du Pr Poole. « Oui, mon cher, de vous seul. »

Fondu enchaîné sur le Pr Poole au travail dans son jardin expérimental, en train de repiquer de jeunes plants de tomates. Près de six semaines se sont écoulées. Sa barbe brune est considérablement plus luxuriante, son veston de tweed et son pantalon de flanelle considérablement plus sales que la dernière fois que nous l'avons vu. Il porte une chemise de toile grise grossière et des mocassins de fabrication locale.

Quand le dernier de ses plants est repiqué, il se redresse, s'étire, frotte son dos endolori, puis se dirige à pas lents vers l'extrémité du jardin et reste debout, immobile, à regarder le paysage.

Dans un plan général, nous voyons, comme par ses yeux, une vaste perspective d'usines abandonnées et de maisons croulantes, à l'arrière-plan, au loin, une chaîne de montagnes qui fuit, pli après pli, vers l'est. Les ombres sont des gouffres d'indigo et, sous les lumières d'un or somptueux, les détails lointains se détachent nettement, petits et parfaits, comme les images des objets dans un miroir convexe. Au premier plan, délicatement ciselées et pointillées par la lumière presque horizontale, même les plaques les plus dénudées de terre desséchée révèlent une somptuosité de texture insoupçonnée.

LE RÉCITANT

> Il y a des moments – et celui-ci en est un – où le monde semble volontairement beau, comme si les choses avaient en elles un esprit qui se complaît soudain à rendre manifeste, pour tous ceux qui veulent bien voir, la réalité surnaturelle cachée sous toutes les apparences.

Les lèvres du Pr Poole remuent et nous percevons le léger murmure de ses paroles :

Pour l'amour, la beauté et la joie,
Il n'y a ni mort ni changement : leur puissance
dépasse celle de vos organes, qui ne supportent pas
La lumière, étant eux-mêmes dans l'ombre.

Il fait demi-tour et revient vers l'entrée du jardin. Avant d'ouvrir le portillon, il regarde avec précaution autour de lui. Il n'y a nul indice d'observateur hostile. Rassuré, il se glisse au-dehors et prend aussitôt un sentier tortueux entre des dunes de sable. De nouveau, ses lèvres remuent.

Je suis la Terre,
Ta mère; celle dans les veines figées de qui,
Jusqu'à la dernière fibre de l'arbre le plus élevé,
Dont les feuilles ténues tremblaient dans l'air gelé,
La joie a couru, comme le sang dans un corps vivant,
Lorsque de son sein, tel un nuage
De gloire, tu as surgi, esprit d'ardente joie.

Du sentier, le Pr Poole débouche dans une rue bordée de petites maisons, qui ont chacune leur garage et qui sont chacune entourées d'un terrain nu qui fut jadis un parterre de gazon et de fleurs.

« Esprit d'ardente joie », répète-t-il, après quoi il pousse un soupir et hoche la tête.

LE RÉCITANT

La joie? Mais la joie a été assassinée il y a longtemps. Ne survit que le rire des démons autour du poteau des condamnés au fouet, le hurlement des possédés qui s'accouplent dans les ténèbres. La joie est pour ceux-là seuls dont la vie est en accord avec l'Ordre imposé au monde. Pour vous autres, les malins qui vous croyez capables de perfectionner cet Ordre, pour vous, les hommes en colère, les rebelles, les désobéissants, la joie devient rapidement une étrangère. Ceux qui sont condamnés à récolter les conséquences de vos tours fantastiques n'en soupçonneront même jamais l'existence. L'Amour, la joie et la Paix, – ce sont les fruits de l'esprit qui est votre essence et l'essence du monde. Mais les fruits de l'esprit du singe, les fruits de la présomption et de la révolte du singe sont la haine, l'agitation incessante et une misère chronique tempérée seulement par des frénésies plus horribles qu'elle-même.

Le Pr Poole, cependant, poursuit son chemin.
« Le monde est plein de bûcherons », récite-t-il pour lui-même.

Le monde est plein de bûcherons qui expulsent
des arbres de la vie les douces dryades de l'amour
et persécutent les rossignols dans tous les vallons.

LE RÉCITANT

Des bûcherons avec des haches, des tueurs de dryades avec des couteaux, des persécuteurs de rossignols avec des scalpels et des ciseaux de chirurgien.

Le professeur frissonne et, comme un homme qui se sent poursuivi par quelque présence malveillante, il hâte le pas. Soudain, il s'arrête et regarde de nouveau autour de lui.

LE RÉCITANT

Dans une ville de deux millions et demi de squelettes, la présence de quelques milliers de vivants est à peine perceptible. Rien ne bouge. Le silence est total et, au milieu de toutes ces confortables petites ruines bougeoises, le silence semble conscient et, en quelque sorte, complice.

Le pouls accéléré par l'espoir et la crainte d'une déception, le Pr Poole quitte la rue et se hâte le long de l'allée qui mène au garage du numéro 1993. Affaissés sur leurs gonds rouillés, les deux battants de la porte bâillent. Il se glisse entre eux dans une pénombre où règne une odeur de moisi. Par un trou dans le mur ouest du garage, un mince pinceau de soleil de fin d'après-midi révèle la roue avant gauche d'une conduite intérieure Chevrolet Super de Luxe à quatre portières et, par terre à côté d'elle, deux crânes, l'un d'adulte et l'autre manifestement d'enfant. Le Pr Poole ouvre la seule des quatre portières qui ne soit pas coincée et scrute l'obscurité qui règne à l'intérieur.

« Loola! »

Il monte dans la voiture, s'assied à côté d'elle sur le capitonnage décomposé du siège arrière et prend la main de Loola dans les deux siennes.

« Chérie! »

Elle le regarde sans parler. Il y a dans ses yeux une expression presque de terreur.

« Tu as donc pu t'échapper quand même?

– Mais Flossie soupçonne toujours quelque chose.

– Au diable Flossie! » dit le Pr Poole, d'un ton qui veut être insouciant et rassurant.

« Elle n'a pas cessé de poser des questions, continue Loola. Je lui ai dit que j'allais chercher des aiguilles et des couverts.

– Mais tout ce que tu as trouvé, c'est moi. »

Il lui sourit tendrement et porte sa main à ses lèvres; mais Loola hoche la tête.

« Alfie, je t'en prie! »

Le ton de sa voix est celui de la supplication. Il rabaisse sa main sans la baiser.

« Et pourtant tu m'aimes, non? »

Elle le contemple avec des yeux dilatés par une perplexité effrayée, puis se détourne.

« Je ne sais pas, Alfie, je ne sais pas.

– Eh bien, je sais, moi », dit le Pr Poole, d'un ton décidé. « Je sais que je t'aime. Je sais que je veux être avec toi. Toujours. Jusqu'à ce que la mort nous sépare », ajoute-t-il avec toute la ferveur d'un sexualiste introverti soudain converti à l'objectivité et à la monogamie.

Loola hoche de nouveau la tête.

« Tout ce que je sais, c'est que je ne devrais pas être ici.

– Mais c'est stupide!

– Oh, non. Je ne devrais pas être ici en ce moment. Je n'aurais pas dû venir, ces autres fois. C'est contraire à la Loi. C'est contraire à tout ce que pensent les gens. C'est contraire à Lui », ajoute-t-elle après un instant de silence. Une expression de détresse angoissée apparaît sur son visage. « Mais alors, pourquoi m'a-t-Il faite de telle façon que je puisse éprouver ce que j'éprouve à ton sujet? Pourquoi m'a-t-Il faite pareille à ces... à ces... » Elle ne parvient pas a prononcer le mot abhorré. « J'en ai connu un, poursuit-elle à mi-voix. Il était gentil, presque aussi gentil que toi. Et puis ils l'ont tué.

– A quoi bon penser aux autres? » dit le Pr Poole. « Pensons donc à nous. Songeons comme nous pourrions être heureux, comme nous l'étions effectivement il y a deux mois! Tu te rappelles? Le clair de lune... Et comme il faisait noir dans l'ombre!... Et dans l'âme s'exhale une odeur sauvage échappant à la raison...

– Mais nous ne faisions rien de répréhensible à ce moment-là.

– Nous ne faisons rien de répréhensible en ce moment.

– Non, non, c'est complètement différent, maintenant.

– Ce n'est pas différent », insiste-t-il. « Je ne me sens nullement différent de ce que j'étais alors. Ni toi non plus.

– Si », proteste-t-elle, trop bruyamment pour emporter la conviction.

« Mais non.

– Si, si.

– Non. Tu viens de le dire. Tu n'es pas pareille à ces gens-là. – Dieu merci!

– Alfie! »

Elle fait un signe des cornes propitiatoire.

« Ils ont été changés en animaux », poursuit-il. « Pas toi. Tu es encore un être humain – un être humain normal, doué de sentiments humains.

– Non.

– Si.

– Ce n'est pas vrai », gémit-elle. « Ce n'est pas vrai. »

Elle se couvre le visage de ses mains et se met à pleurer.

« Il me tuera », sanglote-t-elle.

« Qui te tuera? »

Loola lève la tête et regarde avec appréhension par-dessus son épaule, à travers la vitre arrière de la voiture.

« *Lui.* Il sait tout ce que nous faisons, et même tout ce que nous pensons ou ressentons.

– Peut-être que oui », dit le Pr Poole, dont les idées de protestant libéral au sujet du Diable se sont considérablement modifiées au cours de ces dernières semaines. « Mais si nous ressentons, pensons et faisons ce qui convient, Il ne peut rien contre nous.

– Mais ce qui convient, qu'est-ce que c'est? » demande-t-elle.

Pendant une seconde ou deux, il lui sourit sans parler.

« Pour le moment », dit-il enfin, « ce qui convient, c'est ça. »

Il lui glisse un bras autour des épaules et l'attire à lui.

« Non, Alfie, non! »

Saisie de panique, elle essaie de se dégager; mais il la tient serrée.

« Ce qui convient, c'est ça », répète-t-il. « Cela ne serait peut-être pas toujours et partout ce qui convient. Mais pour le moment, ça l'est – incontestablement. »

Il parle avec la force et l'autorité de la conviction totale. Jamais, au cours de toute sa vie hésitante et partagée, il n'a pensé aussi clairement ni agi avec autant de décision.

Loola cesse soudain de se débattre.

« Alfie, tu es *sûr* que c'est bien? Tu en es absolument sûr?

– Absolument sûr », répond-il des profondeurs de son expérience nouvelle, qui est à elle-même sa justification. Très doucement, il lui caresse les cheveux.

« Une forme mortelle », murmure-t-il, « empreinte d'amour, de vie, de beauté et de divinité. Une métaphore du Printemps, de la Jeunesse et du Matin, une vision pareille à l'Avril incarné.

– Continue », murmure-t-elle.

Elle a les paupières closes, son visage revêt cet air de sérénité surnaturelle que l'on voit au visage des morts.

Le Pr Poole recommence :

Et nous parlerons, jusqu'à ce que la mélodie de la pensée
Devienne trop suave pour s'exprimer, et meure dans les mots,
Jusqu'à ce qu'elle revive dans les regards, qui plongent
Avec un ton exaltant dans le cœur muet,
Harmonisant le silence sans un son.
Nos souffles seront mêlés, nos poitrines unies et
Le sang dans nos veines battra à l'unisson, et nos lèvres,
Avec une autre éloquence que les mots, éclipseront
L'âme qui brille entre elles, et les sources qui
Bouillonnent sous les cellules les plus sèches de notre être,
Fontaines de notre vie profonde, se confondront
Dans la pureté éclatante de la passion;
Comme les sources de montagne dans le soleil matinal
Nous deviendrons le même, nous serons un seul
Esprit en deux corps, oh! Pourquoi deux?

Il y a un silence. Soudain Loola ouvre les yeux, le regarde intensément pendant quelques secondes, puis elle lui lance les bras autour du cou et le baise passionnément sur la bouche. Mais, au moment même où il resserre son étreinte, elle s'arrache à lui et bat en retraite à l'extrémité du siège.

Il essaie de se rapprocher, mais elle le maintient à longueur de bras.

« Ça ne peut pas être bien », dit-elle.

« Mais si! »

Elle secoue la tête.

« C'est trop bon pour être bien, je serais trop heureuse si ça l'était! Il ne veut pas que nous soyons heureux. » Suit un silence. « Pourquoi dis-tu qu'Il ne peut pas nous faire de mal?

– Parce qu'il y a quelque chose de plus puissant que Lui.

– Quelque chose de plus puissant? » Elle secoue la tête. « C'est contre ça qu'Il s'est toujours battu, – et c'est Lui qui a gagné.

– Uniquement parce que les gens L'ont aidé à gagner. Mais ils ne sont pas forcés de L'aider. Et souviens-toi qu'il ne pourra jamais gagner pour de bon.

– Pourquoi?

– Parce qu'Il ne pourra jamais résister à la tentation de pousser le mal à sa limite. Et chaque fois que le mal est poussé à sa limite, il se détruit lui-même, toujours. Après quoi l'Ordre des Choses revient à la surface.

– Mais cela, c'est bien éloigné dans l'avenir.

– Pour le monde dans son ensemble, oui. Mais pas pour les individus isolés, pas pour toi ou moi, par exemple. Quoi que Bélial ait pu faire du reste du monde, toi et moi, nous pouvons toujours travailler selon l'Ordre des Choses et non pas contre lui. »

Il y a un nouveau silence.

« J'ai l'impression que je ne comprends pas ce que tu veux dire », réplique-t-elle enfin, « et ça m'est égal. » Elle revient vers lui et appuie la tête contre son épaule. « Tout m'est égal, poursuit-elle. Il peut me tuer s'Il veut. Ça n'a pas d'importance... Pas maintenant. »

Elle lève son visage vers le sien et, tandis qu'il se penche pour l'embrasser, l'image sur l'écran se fond dans l'obscurité d'une nuit sans lune.

LE RÉCITANT

« *L'ombre était nuptiale, auguste et solennelle...*

Mais cette fois c'est une ombre nuptiale dont la

solennité n'est troublée par nul miaulement de chats en rut, nul *Liebestod,* nul saxophone implorant la détumescence. La musique dont cette nuit est imprégnée est claire, mais non descriptive; précise et nette, mais concernant des réalités qui n'ont pas de nom; d'une liquidité qui embrasse toute chose, mais jamais visqueuse, sans la moindre tendance à coller d'une façon possessive à ce qu'elle touche et englobe. Une musique animée de l'esprit de celle de Mozart, d'une gaiété délicate parmi les constants sous-entendus de tragédie; musique qui s'apparente à celle de Weber, aristocratique et raffinée, et pourtant capable de la joie la plus éperdue et de la conscience la plus aiguë de l'angoisse du monde. Et peut-être y a-t-il une indication de ce qui, dans *l'Ave Verum Corpus,* dans le *Quintette en sol mineur,* se trouve au-delà du monde de *Don Juan?* Y a-t-il déjà une indication de ce qui (chez Bach, quelquefois, et chez Beethoven, dans cette totalité définitive de l'art, qui est analogue à la sainteté) transcende l'intégration romanesque du tragique et du joyeux, de l'humain et du démoniaque? Et lorsque, dans la nuit, la voix de l'amant parle à nouveau dans un murmure d'

une forme mortelle empreinte
D'amour, d'éclat, de vie et de divinité,

y a-t-il déjà le pressentiment qu'au-delà de l'*Epipsychidion* [1] il y a *Adonais* [1] et, au-delà d'*Adonais,* la doctrine ineffable des Purs de Cœur?

Fondu enchaîné sur le laboratoire du Pr Poole. La lumière du soleil se déverse à flots à travers les hautes fenêtres et se réfléchit d'une façon éblouissante sur le cylindre en acier inoxydable du microscope placé sur la table de travail. La pièce est vide.

Tout à coup le silence est rompu par un bruit de pas qui approchent; la porte s'ouvre, et, toujours sous l'apparence

---

1. Poèmes de Shelley.

d'un maître d'hôtel chaussé de mocassins, le Directeur du Ravitaillement entre sans cérémonie.

« Poole, commence-t-il, Son Éminence est venue pour... »

Il s'arrête court, et une expression d'étonnement apparaît sur son visage.

« Il n'est pas là », dit-il à l'Archi-Vicaire, qui le suit maintenant à l'intérieur de la pièce.

Le grand homme se tourne vers les deux Familiers qui l'accompagnent.

« Allez voir si le Pr Poole est dans le jardin expérimental », ordonne-t-il.

Les Familiers s'inclinent, piaillent à l'unisson : « Oui, Votre Éminence », et sortent.

L'Archi-Vicaire s'assied, et fait aimablement signe au Directeur d'imiter son exemple.

« Je ne crois pas vous l'avoir dit », déclara-t-il, « j'essaie de persuader notre ami d'entrer en religion.

– J'espère que Votre Éminence n'a pas l'intention de nous priver de son concours inestimable dans le domaine de la production alimentaire », dit le Directeur avec anxiété.

L'Archi-Vicaire le rassure.

« Je veillerai à ce qu'il ait toujours le temps de vous donner les conseils dont vous avez besoin. Mais, entretemps, je veux m'assurer que l'Église profite de ses talents et... »

Les Familiers rentrent dans la pièce et s'inclinent.

« Eh bien?

– Il n'est pas dans le jardin, Votre Éminence. »

L'Archi-Vicaire toise avec colère en fronçant les sourcils le Directeur qui se fait tout petit sous ce regard.

« Je croyais vous avoir entendu dire que c'est aujourd'hui le jour où il travaille au laboratoire?

– C'est exact, Votre Éminence.

– Alors, pourquoi est-il sorti?

– Je n'en ai aucune idée, Votre Éminence. Jusqu'à présent, il n'a jamais modifié son emploi du temps sans m'avertir. »

Il y a un silence.

« Cela ne me plaît pas », dit enfin l'Archi-Vicaire. « Cela ne me plaît pas du tout. » Il se tourne vers ses Familiers. « Rentrez en courant au Quartier Général et envoyez une demi-douzaine d'hommes à cheval à sa recherche. »

Les Familiers s'inclinent, piaillent simultanément et s'éclipsent.

« Et quant à vous », dit l'Archi-Vicaire, apostrophant la forme pâle et terrorisée du Directeur, « s'il est arrivé quoi que ce soit, vous aurez à en répondre! »

Il se lève avec une majestueuse fureur et se dirige à grands pas vers la porte.

Fondu enchaîné sur une série de plans en montage.

Loola, chargée de son sac de cuir, et le Pr Poole, portant sur le dos un havresac militaire d'avant la Chose, escaladent un éboulement de terrain qui obstrue l'une de ces routes superbement tracées dont les restes balafrent encore les flancs des montagnes San Gabriel.

Cadrage sur une crête battue des vents. Les deux fugitifs contemplent de là-haut l'étendue immense du désert Mojave.

Nous sommes ensuite dans une forêt de pins sur le versant septentrional de la chaîne. C'est la nuit. Dans une tache de clair de lune entre les arbres, le Pr Poole et Loola sont endormis, couchés sous la même couverture de laine grossière.

Le plan suivant montre un canyon rocheux, au fond duquel coule un ruisseau. Les amants ont fait halte pour boire et pour remplir leurs gourdes.

Et nous voici parmi les contreforts des monts, dominant le désert. Entre les touffes de sauge, les yuccas et les buissons de genévrier, la marche s'effectue aisément. Le Pr Poole et Loola pénètrent dans le plan, suivis en *travelling* par la caméra, tandis qu'ils descendent à grands pas la pente.

« Mal aux pieds? » interroge-t-il avec sollicitude.

« Pas trop. »

Elle lui adresse un sourire plein de bravoure et secoue la tête.

« Je crois que nous serions sages de nous arrêter bientôt et de manger un morceau.

– Je m'en rapporte à toi, Alfie. »

Il sort de sa poche une carte fort ancienne, et l'étudie tout en marchant.

« Nous sommes encore à cinquante bons kilomètres de Lancaster », dit-il. « Huit heures de marche. Il faut ménager nos forces.

– Et à quelle distance parviendrons-nous demain? » questionne Loola.

« Un peu au-delà du Mojave. Et après ça, je compte qu'il nous faudra au moins deux jours pour traverser le Tehachapis et arriver à Bakersfield. » Il remet la carte dans sa poche. « J'ai réussi à soutirer pas mal de renseignements au Directeur, poursuit-il. Il dit que ces gens, là-haut dans le nord, sont très accueillants pour les fugitifs de la Californie du Sud. Ils refusent de les extrader, même quand le gouvernement les réclame officiellement.

– Bel... je veux dire : Dieu soit loué! » dit Loola. Il y a un nouveau silence. Tout à coup Loola s'arrête.

« Regarde! Qu'est-ce que c'est? »

Elle tend le doigt, et de l'endroit où ils se trouvent nous voyons, au pied d'un énorme arbre de Josué, une dalle de béton rongée par les intempéries, dominant de guingois une antique tombe envahie par les fétuques et le sarrasin.

« Quelqu'un a dû être enterré là », dit le Pr Poole.

Ils s'approchent, et sur un premier plan de la dalle nous voyons, tandis que le Pr Poole lit à haute voix, l'inscription ci-dessous :

WILLIAM TALLIS
1882-1948

Pourquoi tarder, pourquoi regarder en arrière, pourquoi te dérober, mon Cœur?
Tes espoirs s'en sont allés : de toute chose ici-bas
Ils se sont séparés, tu dois maintenant partir!

Cadrage sur les deux amants.

« Ce devait être un homme triste, dit Loola.

– Peut-être pas tout à fait aussi triste que tu l'imagines », dit le Pr Poole qui fait glisser de ses épaules son sac pesant et s'assied à côté de la tombe.

Et tandis que Loola ouvre son sac et en sort du pain, des fruits, des œufs et des filets de viande séchée, il feuillette son Shelley in-douze.

« Voilà, dit-il enfin. C'est la strophe qui suit immédiatement celle qui est citée ici.

Cette Lumière dont le sourire embrase l'Univers,
Cette Beauté où toutes choses œuvrent et se meuvent,
Cette Bénédiction que ne peut éclipser de son ombre
La Malédiction de la naissance, cet Amour réconfortant
Qui, à travers la toile de l'existence aveuglément tissée
Par les hommes et les bêtes, la terre, l'air et la mer,
Brûle clair ou bas, car chacun est le miroir
Du feu auquel tous espèrent, maintenant elle brille sur moi,
Consumant les derniers nuages de la froide mortalité.

Il y a un silence. Puis Loola lui tend un œuf dur. Il le casse sur la pierre tombale et, en l'écalant, éparpille sur la tombe les blancs fragments de la coquille.

TABLE

Tallis 7
Le scénario 31

Presses Pocket
8 rue Garancière
75006 Paris
tél. 329 12 80

IMPRIMÉ EN FRANCE PAR BRODARD ET TAUPIN
7, bd Romain-Rolland - Montrouge.
Usine de La Flèche, le 2-02-1984.
1651-5 - N° d'Editeur 1917, octobre 1982.